Nach dem Orkan

Ingvar Ambjörnsen

Nach dem Orkan

Deutsch von Gabriele Haefs

Verlag Sauerländer
Aarau · Frankfurt am Main · Salzburg

Ingvar Ambjörnsen
Nach dem Orkan

Deutsch von Gabriele Haefs

Umschlagbild von Hanno Rink

First published by J. W. Cappelens Forlag A/S, Oslo

Printed in Germany

ISBN 3-7941-3877-5
Bestellnummer 01 03877

Die Deutsche Bibliothek – CIP-Einheitsaufnahme
Ambjörnsen, Ingvar:
Nach dem Orkan / Ingvar Ambjörnsen.
Dt. von Gabriele Haefs. – Aarau; Frankfurt am Main; Salzburg:
Sauerländer 1996
(Peter und der Prof)
ISBN 3-7941-3877-5

Auf zwei Rädern in die Kurve

Gründonnerstag, 08.15: Die Welt platzte gerade vollständig aus den Nähten.

Das ist natürlich übertrieben. Nur unsere Bude in der Bentsebrugata, Torshov, fiel auseinander. Mutter suchte nach den Schlüsseln für Dachboden und unseren Bodenraum, während sie gleichzeitig Klein-My mit einem Käsebrot verfolgte, das My gar nicht haben wollte. Klein-My heulte vor Wut und hämmerte mit ihren Fäustchen auf alles in der Küche ein, was irgendein Geräusch von sich geben konnte. Auf Topfdeckel, Plätzchendosen und irgendein buddhistisches Gebammel, das Mutter aufgehängt hatte, um Jesu Auferstehung zu feiern. Das Radio lief volles Rohr; die schlechten Nachrichten von nah und fern wurden so laut verbreitet, daß die Wände wackelten. Ich selber lief zwischen meinem Zimmer, dem Wohnzimmer und der Küche hin und her und raffte alles zusammen, was ich brauchen würde, um einige Tage in der Wildnis zu überleben. Das letzte Buch von Ken Follett, zum Beispiel. Lange Unterhosen und Erdnüsse. Der einzige Ruhige in dieser Versammlung war der Prof. Er saß am Küchentisch, las die letzten Neuigkeiten über Donald Duck, schlürfte dabei heißen Tee und aß ein

Leberwurstbrot. Mein Vater war nachts auf einem Fest gewesen und lag bis auf weiteres als Leiche im Schlafzimmer.

Ich lief durch die Küche und drehte das Radio auf der Fensterbank aus. Klatschte in die Hände:

«KÖNNT IHR BITTE MAL KURZ DIE KLAPPE HALTEN!»

Die anderen verstummten und starrten mich blöde an.

«Sprich so nicht mit deiner Mutter», sagte meine Mutter.

«Doch!» widersprach ich. «Genau so. Mir bricht ja schon der Schweiß in den Ohren aus, wenn ich euch sehe!»

«Zeig mal!» befahl Klein-My.

«Das Kind muß etwas essen», sagte meine Mutter, die noch immer das schwachsinnige Käsebrot in der Hand hielt.

«Komm einfach mal zu mir, My», sagte der Prof und bestrich eine weitere Brotscheibe mit Butter. «Dann macht dein Nachbar dir ein Brot, das richtig schmeckt. Was sagst du zu einer dünnen Schicht Erdbeermarmelade mit etwas feingehacktem Hering und einem Spritzer Mayonnaise?»

Klein-My kletterte auf seinen Schoß, um festzustellen, ob es auch in der Welt der Wirklichkeit solche Brote geben konnte.

Die gab es.

Sie behauptete sogar, es hätte gut geschmeckt. Der Prof grinste.

Mutter betrachtete das Käsebrot. «Ja, ja. Leffy kann jeden Moment hier sein, und er hat heute noch einen weiten Weg vor sich. Ich habe versprochen, daß ihr fertig seid, wenn er kommt. Aber die Rucksäcke sind auf dem Boden, und die Schlüssel sind spurlos verschwunden.»

Der Prof, der im ganzen Geschrei und Generve offenbar nicht mal gerafft hatte, worum sich die ganze Hysterie drehte, blickte Mutter an und sagte: «Aber um Himmels willen, gnä' Frau, da brauchen Sie Ihren Erben doch bloß ein Stock tiefer zu schicken. Da hausen nämlich meine Eltern. Er soll schön von mir grüßen, dann findet sich bestimmt ein Rucksack. Himmel, diese beiden Frischluftfreaks haben doch den ganzen Kleiderschrank voll. Sie werden vor Freude weinen, wenn sie einen loswerden können.»

«Bist du da ganz sicher, Prof?» Mutter war skeptisch. «Deine Eltern wollen doch zu Ostern sicher selber losziehen, wie ich sie kenne.»

«Nur Tagestouren», sagte der Prof und machte sich über ein weiteres Brot her. «Und sie machen sich bestimmt nicht mit einem Rucksack auf dem Rücken und einem vorm Bauch auf den Weg. Hast du nicht gehört, sie haben den Kleiderschrank voll!»

«Okay», sagte Mutter. «Dann frag ich sie mal. Iß du auch endlich was, Peter.» Weg war sie.

«Himmel», sagte ich und ließ mich auf einen Stuhl fallen. «Sonst ist sie nicht so!»

«Weiß ich doch», sagte der Prof. Er und My steckten tief in Entenhausen. «Viele werden zu Ostern nervös. Bei meiner Mutter passiert das zu Weihnachten. Mein Alter dreht meistens um den Johannistag herum durch.»

Es war nämlich so, daß wir über den Vater vom Prof über Ostern einen alten, verlassenen Bauernhof hatten leihen können. Der Hof lag mitten im Wald, nicht weit von der schwedischen Grenze entfernt, und hieß «Sagrønningen». Er war seit zwanzig Jahren unbewohnt. Ich freute mich wie verrückt aufs Leben in der Wildnis. Kein Strom. Wasser aus dem Bach. Nur der Prof und ich und die verwunderten Elche. Der Prof war schon mehrmals mit seinen Eltern dort gewesen. Für mich war es etwas ganz Neues. Wenn meine Eltern mich überhaupt mal auf einen Spaziergang geschleppt hatten, dann hatte mein Vater rasch den kürzesten Weg zu seiner Stammkneipe ausfindig gemacht.

«Gibt's da oben einen Kamin?» fragte ich und trank kalte Milch.

Der Prof blickte auf. «Sei nicht so blöd. Kamine gibt's in Ferienhäusern. Für die Gemütlichkeit. Verschlingt Holz und gibt wenig Wärme. Die Leute oben auf Sagrønningen haben da nicht der Gemütlichkeit halber gewohnt, das kann ich dir flüstern.»

«Genau!» sagte Klein-My.

«Natürlich bin ich blöd», sagte ich und tat so, als ob ich kein bißchen verletzt wäre. «Schließlich bist du der Herr des Dschungels. Ich dachte immer, daß Kamine wie blöd einheizen!»

«Da oben steht ein riesiger Jøtulofen», erklärte der Prof unbeeindruckt. «Das reine Atomkraftwerk, wenn der erst mal loslegt.»

Die Tür wurde aufgerissen.

Leffy. Das hatte er sich in der letzten Zeit angewöhnt. Hereinstürzen, ohne zu klingeln.

«Ach, Jungs! Schon aufgestanden zum Klavierspielen? Hallo, My!» Er gab ihr einen Kuß auf die Wange, und sie schnitt eine Grimasse, auf die keiner von uns besonders achtete. Für sie war Leffy «Onkel» Leffy, übrigens der einzige Onkel, den sie hatte, und das wußte sie zu schätzen. In Wirklichkeit war Leffy überhaupt nicht mit uns verwandt. Er tat nur so, da er keine eigene Familie hatte. Leffy war schon in Ordnung. Jugendfreund meines Vaters. Grauer Pferdeschwanz und Goldring im linken Ohr. LKW-Fahrer ohne Zicken.

Er setzte sich, ohne seine abgenutzte Lederjacke auszuziehen.

«Momentchen noch», sagte ich. «Meine Mutter holt unten noch meinen Rucksack.»

«Willst du damit sagen, daß du noch gar nicht gepackt hast?» Er warf die Salami gleich vom Teller ein.

«Alles liegt schon bereit; ich muß es bloß noch reinstopfen.»

«Reinstopfen! Herrgott, du bist genau wie dein Vater. Wo steckt der denn übrigens? Liegt wohl noch in der Falle, was?» Er goß sich in Mutters Tasse Kaffee ein. «Rolf!»

«Vergiß es», sagte ich. «Ich glaube, er ist erst um vier nach Hause gekommen.»

«Und ich bin seit fünf Uhr auf. Mußte ganz allein die Umzugsladung erledigen. Stühle und Tische und ein verdammtes Doppelbett. Und weißt du, wer versprochen hatte, mir zu helfen?»

«Ich glaube wohl», antwortete ich. «Aber es war unrealistisch von dir zu glauben, Vater könnte um diese Tageszeit aufrecht stehen.»

«Stimmt», sagte Leffy und schlürfte Kaffee. «Ich war auch nicht so schrecklich enttäuscht.»

Meine Mutter brachte den Rucksack, und ich machte mich ans Packen. Leffy rannte hinter ihr durch die Küche und tat so, als wollte er mit seinen Händen ihren Hintern erwischen. Als er sie endlich in die Ecke beim Spülbecken gedrängt hatte und sie ihm in aller Freundschaft eine runterhaute, stand Vater in der Schlafzimmertür. Er sah aus wie ein langhaariger Fisch, den irgendwer durch die Sahara geschleift hatte. Seine Augen waren so rot wie zwei glühende Kohlen, und er war mit einem Lederriemen um das linke Handgelenk bekleidet.

«Meine Fresse», sagte Vater.

Leffy pflanzte Mutter einen Kuß aufs Ohr, sie mußte kichern, und er schob sie beiseite. «Zieh deinen Schlips an und geh wieder in die Falle, Alter. Die Frau hier ist viel zu gut für dich.» Er drehte sich zum Prof und mir um. «Wenn ihr euren Schnaps jetzt verstaut habt, hauen wir ab.»

Das Wetter war nicht gerade ein Grund zum Hurraschreien. Wir hatten einen grünen Winter gehabt, und es war noch immer grün, aber ein beißender Wind wehte uns den Regen mitten ins Gesicht, als wir über die Straße zu Leffys LKW gingen. Wir warfen Rucksäcke und Schlafsäcke hinein und setzten uns alle drei ins Führerhaus.

«Bist du sicher, daß da oben im Busch kein Schnee liegt?» fragte ich den Prof, während ich mich besser hinsetzte und anschnallte.

Er nickte. «Mein Vater hat heute morgen mit einem Bauern telefoniert, den er da oben kennt. Die haben den ganzen Winter über keine Schneeflocke gesehen.»

Leffy ließ den Wagen an und schaltete die Heizung ein. «Schneeflocken, nein. Aber wenn die Sonne nicht auftaucht, und das wird sie nicht, dann fürchte ich, wir müssen auf Glatteis hochfahren. Und ich muß den ganzen Weg nach Trysil.» Er schob eine Sputnik-Kassette ein und drehte die Karre in Richtung Sandakerveien.

«Öffne deine Herrrzenstüüüüür!»

Wir grölten mit und lachten.

Als wir die Stadt verlassen hatten und anfingen, uns in die tiefen Wälder hineinzubohren, kapierten wir, wovon Leffy geredet hatte. Nirgendwo war Schnee, aber Tannen und Kiefern hatten Reif im Bart. Und die Fahrbahn war gefährlich glatt. Leffy, der sonst immer Witze machte und blöde Lügen über das Leben auf den Straßen erzählte, wenn wir mit ihm fuhren, verstummte fast vollständig. Er hielt ein ziemliches Tempo bei, aber ich konnte sehen, daß er sich konzentrierte.

«Glatt?» fragte der Prof.

Leffy antwortete, indem er ganz kurz auf die Bremse trat. Einige Sekunden lang schlingerte der Wagen. «Verdammt glatt. Aber macht euch keine Sorgen. Der gute alte Leffy ist schon öfter über Schlittschuhbahnen gefahren. Ich weiß noch, wie ich in einem Herbst von Røros nach Trondheim fahren sollte und lebendige Hühner geladen hatte. Hatte auch zwei Frauen aufgelesen, und so ...»

«Die Geschichte kennen wir schon!» schrien der Prof und ich wild durcheinander.

Normalerweise achtete Leffy nicht auf solche Proteste, aber nun hielt er sofort die Klappe. Ich bemerkte, daß er etwas langsamer fuhr und daß sein Blick sich teilte. Ein Auge auf die Straße vor ihm, die nun recht steil abfiel und außerdem zwischen Felskuppen und hohen Tannen nach rechts abbog. Das andere Auge hing am Rückspiegel.

«Was zum Teufel», sagte er und kaute auf seiner Unterlippe, während er einen anderen Gang einschaltete. «Will der uns etwa ...»

Und dann war der große Toyota mit Allradantrieb neben uns. Er fuhr mit uns in die Kurve, gefährlich dicht neben Leffys Karre. Mitten in der Kurve überholte er uns in einem Affenzahn und legte sich so abrupt vor uns, daß Leffy mit dem Bremspedal flirten mußte, um nicht auf den Toyota aufzufahren. Sofort geriet der große LKW dermaßen ins Schwanken, als ob er reinen Alkohol getankt hätte. Leffy fluchte wie ein Weltmeister und schaltete zurück. Der Toyota verließ uns jetzt, aber am Ende der Kurve legten wir noch einen Schlenker ein, der uns immer heftiger hin und her schlingern ließ. Wir waren dem Straßenrand gefährlich nahe, und der Straßenrand rechts von uns bestand aus fünfzehn Meter Abhang über einer ekelhaften Geröllhalde. Wenn sich uns jetzt etwas in den Weg stellte, würden wir es zerquetschen. Das heißt, wenn es nicht größer wäre als wir. Denn dann würden wir zerquetscht werden.

Ich heulte. Der Prof heulte. Ich dachte an meine

Mutter, die im Grunde völlig in Ordnung war, auch wenn sie ein paar blöde Macken hatte. Ich dachte auch an meinen Vater. Der hatte mich oft genug restlos genervt. Aber jetzt, kurz vor meinem wahrscheinlichen Tod im Alter von sechzehn Jahren, erkannte ich, wie verdammt gern ich beide hatte. My hatte ich immer heiß geliebt, schon als sie nur eine kleine Beule in Mutters Bauch gewesen war. Wie würden sie reagieren? Wie würden sie auf die Nachricht reagieren, daß ihr Junge, Peter Pettersen, in der Einöde in einen Abgrund gestürzt war und sein Leben lassen mußte, weil ein verdammter Toyotabesitzer wie ein Idiot gefahren war?

Ja, das dachte ich. Ich bin wirklich nicht egozentrischer als die meisten, glaube ich, aber in diesem Moment dachte ich wirklich an meinen eigenen Tod.

Aber zu unserem Glück stieg die Straße hinter der Kurve wieder an. Das dämpfte unser Tempo. Und Gott – oder wer auch immer – hielt zu uns. Uns kamen nur Wind und Regen entgegen. Wir hielten mitten auf dem sanften Hang an, und Leffy zog die Bremse und legte sich übers Lenkrad. Er stieß seltsame Geräusche aus. Einen Moment lang dachte ich schon, er weinte, aber dann hörte ich, daß es nur seine tabaksverwüstete Lunge war, die mit Müh und Not Luft ein- und auspumpte. Wahrscheinlich hatte er die Luft angehalten, seit sich der Allradantrieb neben uns geschoben hatte.

Der Prof kurbelte an seiner Seite das Fenster hinunter und steckte den Kopf hinaus. Er würgte wie blöd, es kam aber nichts heraus.

«So was habe ich bisher nur in der Glotze gesehen», sagte ich. «Wollte der uns wirklich von der Straße abdrängen?»

Leffy antwortete nicht sofort. Er setzte mit dem Wagen zurück in die Senke, dann drehte er sich mit zitternden Fingern eine Zigarette. Als er sie angezündet hatte und wieder losfuhr, sagte er nur: «Weiß nicht. Ich weiß bloß, daß es ihm fast gelungen wäre.»

«Ich glaube echt, ich hab mir in die Hose gepißt», sagte der Prof. «Aber nur ein bißchen. Einen Spritzer.»

Leffy nickte und rollte die Zigarette von einem Mundwinkel in den anderen. «Erzählt das euren Eltern nicht, Jungs. Die würden sich nämlich bis zu den Schuhsohlen naßpissen. Und das wollen wir doch nicht, oder?»

«Nein», sagte ich und gab mir alle Mühe, um mir ein Grinsen abzuwürgen. «Das wollen wir nicht.»

Der Prof schob wieder die Sputnik-Kassette ein, die er vor weniger als zwanzig Minuten hatte aus dem Autofenster werfen wollen. Jetzt erschien uns die blökende Stimme von Norwegens Countrysänger Nummer eins wie der reine Engelsgesang.

Eintopf in der Tasche

Tannenwald. Kiefernwald. Kiefernwald. Tannenwald. Mischwald. *Wald!* Ich hatte noch nie so viele Bäume auf einmal gesehen. Natürlich war ich ein paarmal mit dem Prof in der Nähe von Oslo im Wald gewesen, ein totaler Grünschnabel war ich also nicht. Aber die Landschaft, die wir jetzt durchfuhren, war anders als alles, was ich je gesehen hatte. Hier im Busch würden wir garantiert nicht über Jogger mit rosa Stirnband und Familien auf Fahrrädern im Partnerlook stolpern. Hier oben würde uns wohl eher die Waldfee begegnen. Nackt. Oder ein gewaltiger Waldschrat mit Haselruten in den Ohren.

Mit meiner gleichgültigsten Stimme fragte ich den Prof: «Und du findest bestimmt den Weg?»

Er und Leffy prusteten los. Ich merkte, wie mein Gesicht zu glühen anfing.

«Naaa ja ....» Der Prof dehnte seine Antwort aus.

«Du brauchst dich jetzt noch nicht aufzuregen, Pettersen», sagte Leffy. «Ist noch weit bis zur Wildnis, verstehst du. Erst müssen wir durch diesen Park. Hat hier übrigens irgendwer Hunger? In zwei Kilometern erreichen wir Karis Gasthaus, und das ist keine amerikanische Burgerbar, das kann ich euch flüstern. Wer da drinnen Wörter wie Hamburger oder Pizza sagt, kriegt eins mit dem Kochlöffel übergezogen. Was sagst du, Prof? Motiviert für ein Dutzend Frikadellen mit gedämpftem Weißkohl?»

«Ja!» sagten der Prof und ich im Chor.

Nichts macht so hungrig wie das Überleben.

Abgesehen von Reklameplakaten für Diplomeis und *Ringnes Light-Bier*, die an der Tür befestigt waren, sah Karis Gasthaus ein bißchen aus wie ein alter Wildwest-Saloon. Kleine Fenster in einer grauen, verwitterten Holzwand. Nicht einmal die Bretterveranda rechts und links vom Eingang fehlte. Dort saßen zwar keine Greise in wurmzerfressenen Schaukelstühlen, aber trotzdem. Statt dessen hatte irgendwer dort ein teilweise auseinandergenommenes Moped abgestellt. Eine rotweiß gefleckte Katze lag wie ein Pelz über dem verrosteten Tank und sah uns träge an. Ich wollte gerade ein paar witzige Bemerkungen über diese Katze machen, die richtig rostig aussah, als der Prof quietschte: «Da haben wir ja die Rennfahrer!»

Ich ließ meinen Blick am Zeigefinger des Prof entlangwandern, und richtig: Vom Haus teilweise verdeckt, stand da der weiße Toyota. Nur ein Teil der Front lugte hervor, aber es konnte kaum einen Zweifel geben. Diese Karre hatte vor einer Stunde fast dafür gesorgt, daß zwei Elternpaare und jede Menge Frauen in Oslo extrem schlechte Nachrichten hätten hören müssen.

«Aha», sagte Leffy und setzte mit dem LKW zurück, so daß der Besitzer des Allradantriebes nicht mehr entkommen konnte. Auf dem Parkplatz standen ansonsten noch ein riesiger LKW und vier PKWs, alle schön ordentlich am Waldrand geparkt, so weit wie möglich vom Gasthaus weg.

Western. Die Wirklichkeit sah jetzt aus wie ein Western. Als wir Karis Gasthaus betraten, glaubte ich, mich selber in einem B-Western aus dem Jahre 1946 zu sehen. Drei hungrige Cowboys betreten den Saloon, und in der Luft liegt so viel Ärger, daß wir wie durch Nebel blicken. Mein Herz hämmerte, und ich hielt mich dicht hinter Leffys Rücken. ‹Dieser Wald ist nicht groß genug für uns beide!› Das mußte Leffy sagen. Oder so etwas Ähnliches. Ich hätte am liebsten kehrtgemacht und wäre wie vom Teufel gejagt in den Wald gestürzt.

Das Lokal war größer, als es von außen ausgesehen hatte. Und hatte doch kaum Ähnlichkeit mit einem Western-Saloon. Die Möbel waren aus hellem Kiefernholz, und auf allen Tischen lagen rotkarierte Decken. Der Tresen stand rechts, und mit Ausnahme von Limo- und Colaflaschen und einem Kühlschrank mit Glastür gab es kaum etwas, was sich in einem eventuellen Revolverduell wirkungsvoll hätte pulverisieren lassen. Kiefertäfelung mit Astlöchern, als ob hier schon andere mit ihren Colts herumgejuxt hätten. Und ein gewaltiges Frauenzimmer, das aussah, als ob es die blauen Bohnen mit der Hand auffangen könnte. Die drei Compañeros blieben vor der Tür stehen und nahmen die restlichen Gäste in Augenschein. An einem langen Tisch an der gegenüberliegenden Wand saßen zwei Mannsbilder in karierten Holzfällerhemden, spielten

Karten und tranken Kaffee. Einer von ihnen, ein Typ, der einen halben Meter von der Tischkante entfernt saß, weil sein Bauch ihm keine weitere Annäherung gestattete, hob seine Paddel über den Tisch, als er Leffy entdeckte. An einem anderen Tisch saß eine junge Frau und aß ein Steak. In einer Ecke saßen zwei Typen in Jeans und Leder und spachtelten etwas, das aussah wie Speck und Bohnen. Und an einem Tisch beim Tresen saß ein älteres Ehepaar, das sich offenbar vom Stadtpark hierherverirrt hatte. Weiße Haare, Kniebundhosen, selbstgestrickte Pullover.

Ich hatte erwartet, daß Leffy sofort zulangen würde, aber das tat er nicht. Er machte dasselbe wie der Prof und ich – registrierte die Anwesenden und steuerte dann den Tresen an.

Er reichte dem Frauenzimmer, vermutlich Kari, die Hand. «Lange nicht mehr gesehen. Wie sieht's aus, hast du jetzt vegetarisches Essen auf der Speisekarte?»

Sie lachte dermaßen, daß ihr Doppelkinn wild durcheinander zitterte, und begrub Leffys Hand zwischen ihren beiden. Leffys dünne Finger schienen in eine rosa Decke eingewickelt zu werden.

«Wo hast du bloß die ganze Zeit gesteckt? Die Stadt bekommt dir nicht gut, Leffy. Die Stadt saugt dir das Mark aus dem Rückgrat. Mein Angebot besteht noch, vierzehn Tage Aufenthalt hier im Hinterzimmer. Dann kriege ich dich wieder hin. Und was hast du da für Burschen mitgebracht?» Sie zwinkerte uns mit ihren lieben Augen zu.

«Ach, das sind bloß die Gören von Bekannten. Ich mußte ohnehin nach Trysil, und da habe ich angeboten, sie hier im Wald auszusetzen. Sie sind inzwischen zu teuer in der Kost und reißen den Schnabel zu weit auf.»

Wir stellten uns vor.

Der Prof und ich entschieden uns für Elchfrikadellen mit Erbsenpüree. Leffy nahm Elcheintopf und bezahlte das ganze Gelage.

Es gab genug freie Tische, aber Leffy steuerte den an, an dem die beiden Holzfällerhemden saßen. Der Prof und ich gingen hinterher. Ich mit einem riesigen Krug Eiswasser, der Prof mit drei Gläsern.

Die Holzfäller, die gar keine Holzfäller waren, sondern LKW-Fahrer samt Beifahrer, waren von der wortkargen Sorte. Sie tauschten ein paar Floskeln über Straßen und Straßenverhältnisse mit Leffy aus, den sie offensichtlich kannten, dann versenkten sie sich wieder in Pikdame und Herzbuben.

«Wer?» flüsterte der Prof.

«Was glaubst du wohl?» fragte Leffy zurück und zerbrach ein Streichholz, um es sich zwischen die Schneidezähne zu schieben.

«Die Jungs hinten in der Ecke natürlich», murmelte ich. «Sie glotzen dich übrigens gerade an, Leffy. Und grinsen.»

«Sollen sie glotzen. Sollen sie grinsen.»

«Kennst du sie?» fragte der Prof.

«Ich habe sie gekannt», korrigierte Leffy. «Wir waren einen Sommer und einen Herbst über im selben Hotel eingesperrt. Das ist lange her. Lange, ehe ich mit LKW-Fahren angefangen habe und meine Einkünfte brav dem Finanzamt melde.»

Der Prof stieß einen Pfiff aus. «Und dann hast du ihre Salami geklaut? Und deshalb haben sie versucht, uns zu killen?»

«Die wollten mich ... uns ... nicht killen. Aber Herman und Schieli haben nur an die vierzehn Gehirnzellen. Beide zusammen. Und dann haut man leicht daneben, wenn es draußen glatt ist.»

Das Essen kam. Der Prof stand auf und reichte Kari zum Dank die Hand, als er die Portion sah, die sie vor ihm abgestellt hatte. «Tausend Dank!» sagte er. «So was habe ich noch nie im Leben gesehen. Nein, wirklich nicht!» Vergessen waren Banditen und Fast-Unfälle auf spiegelglatter Straße.

So ist der Prof: Alle Sorgen und Kümmernisse verschwinden wie Tau im Sonnenschein, wenn er nur etwas zu essen bekommt. Viel zu essen. Gutes Essen. Das Leben des Prof hatte sich im Grunde immer schon an vier Schauplätzen abgespielt: am Eßtisch. Im Bett. Im Sessel (mit einem guten Buch). Und auf dem Klo (mit der Zeitung). Nicht einmal die Tatsache, daß er jetzt mit einer wirklich tollen Frau zusammen war, hatte seine Gewohnheiten verändern können. Eher hatte er Jorun mit in sein altes Muster hineingezogen. Er setzte Jorun auf die andere Seite des Eßtisches. Er zog sie ins Bett oder in den Sessel und las ihr laut vor. Aufs Klo allerdings ging er, soviel ich wußte, immer noch allein.

Jetzt freute er sich wie ein Kind. Er war so glücklich, daß seine Augen glänzten.

«Seht euch das an, Jungs! *Vier* Elchfrikadellen! Und so große!» Er lachte ein kurzes, wieherndes Lachen, das den Beifahrer die falsche Karte ziehen ließ, wodurch ihm der Stich durch die Lappen ging. «Und fünf Kartoffeln! Und ich sage euch, Leute, das sind nicht die labberigen Dinger, die wir in der Stadt kriegen. Seht euch die Farbe an! Rot wie ... wie ... also, ich wette, wenn ich mit der Gabel in eine hineinsteche, dann ist die richtig schön mehlig!»

«Prof!» sagte ich. «Wenn du mit deinen Eltern reden willst, dann nimm doch bitte Karis Telefon!»

«Okay», flüsterte er. «Aber das ist doch ein Ding, was? Seit Jahr und Tag treibe ich mich mit meinen Eltern in dieser Gegend rum, aber sie haben hier noch nie haltgemacht.»

Leffy und ich prusteten gleichzeitig los.

«Nein», sagte Leffy, als er wieder Luft bekam. «Komisch, was?»

«Ich scheiß auf die Waage», murmelte der Prof und spachtelte los. «Ich scheiß auf die Waage.»

Und dann fiel plötzlich ein Schatten über den Tisch. Die Wirklichkeit war noch immer der reine Western.

«Ach, Leffy. Mal 'ne Runde auf dem Eis tanzen?»

Der Typ, der das gesagt hatte, hatte halblange blonde Haare und einen gewaltigen Walroßschnurrbart. Er war einer von den beiden, die hinten in der Ecke Bohnen und Speck gegessen hatten. Von den Wilden im Toyota. Neben ihm stand sein Kumpel, ein rothaariger Heini mit einer dicken Messernarbe auf der rechten Wange und der Nase.

Wortlos aß Leffy weiter. Der LKW-Fahrer und sein Kumpel spielten weiter, aber ich merkte, daß sie jetzt angespannt waren. Sie witterten dasselbe wie ich – Ärger.

«Herman hat dich was gefragt!» sagte der Rotschopf. Und nun fiel mir auf, daß seine engsitzenden Augen schielten.

«Ja», sagte Leffy, noch immer ohne aufzublicken. «Mal ’ne Runde auf dem Eis tanzen.»

Sie kamen ganz einwandfrei nicht weiter. Es war klar, daß sie sich einen wütenden Leffy erhofft hatten, aber als er ihnen nun einfach nur nach dem Munde redete, wußten sie offenbar nicht, wie sie damit umgehen sollten. Vielleicht stimmte das, was Leffy gesagt hatte, und sie hatten zusammen nur vierzehn Gehirnzellen.

Sie zuckten mit den Schultern und gingen.

Aber wir wußten ja: Das war nur das erste Kapitel. So, wie Leffy seine Karre geparkt hatte, fehlten nun noch mindestens zwei.

«Weißt du noch, wie ich dir bei Brumunddal aus dem Graben geholfen habe?» fragte Leffy den Dicken.

Der Dicke starrte ihn interessiert an. «Irgendwas los?» Er nickte in Richtung der beiden, die eben die Tür hinter sich geschlossen hatten.

«Fast schon im Teich», sagte Leffy.

Der Prof fügte hinzu: «Die beiden Mistkerle haben uns fast von der Straße abgedrängt. Ganz bewußt.»

«Ins Geröll», korrigierte ich. «Es ging zehn, fünfzehn Meter nach unten, und unten war eine Geröllhalde.»

«Und du hast die Gelegenheit nicht genutzt, ihnen eins in die Fresse zu geben?» fragte der Beifahrer und sah Leffy verständnislos an.

In diesem Moment wurde die Tür aufgerissen, und

Schieli erschien, mit zwei schielenden Augen mitten in einem feuerroten Gesicht. «Leffy?»

Der LKW-Fahrer legte seine Karten auf den Tisch und drückte seine Kippe aus.

Jetzt erschien auch Herman, und beide kamen drohend auf uns zu. Das Frischluftpaar aus Oslo West versuchte mit großem Erfolg, sich unsichtbar zu machen, und die junge Frau starrte ihren leeren Teller an. Kari war gerade in der Küche, wir konnten alle hören, daß sie bei einem Lied von Åge Aleksandersen mitgrölte: «Vier Pils und eine Pizza.» Eines der Wörter, die laut Leffy in diesem Haus verboten waren.

Aber jetzt war nicht der richtige Moment, um sich über Tabuwörter Gedanken zu machen.

«Schaff deinen Schrotthaufen aus dem Weg!» sagte Herman und ließ seine Kippe in Leffys Wasserglas fallen.

Leffy, den ich im Grunde immer für einen lieben, aber etwas trägen Althippie gehalten hatte, zeigte sich nun von einer anderen Seite. Noch ehe die Kippe im Wasser erloschen war, stand er schon auf den Beinen und verpaßte Herman zwei Volltreffer, auf jedes Auge einen. Herman fuhr mit einem Grunzen zurück. Schieli fluchte häßlich und ging mit vorgerecktem Kopf auf Leffy los, aber Leffy wich aus – wenn auch nicht so elegant wie geplant, denn er stieß gegen den Tisch und riß im Fall seinen Eintopfteller mit. Auf der Seite liegend, die Jacke voll von Wildeintopf, konnte er gerade noch einen Tritt von Herman parieren, der vorübergehend wieder einsatzbereit war. Der Prof saß mit aufgerissenen Augen da und umklammerte seinen Teller, während der Fettsack und sein Beifahrer sich einen Weg bahnten, daß die Stühle nur so an die Wand flogen. Und nun kam eine Vorstellung, die wir wohl nie vergessen werden. Der Riese mit dem zitternden Wanst hatte nämlich Ahnung. Ich glaube nicht, daß er je Kickboxen oder so gelernt hatte, aber Himmel, der konnte vielleicht mit den Beinen zulangen! Er tanzte das pure Ballett, während er in regelmäßigen Abständen den beiden Pavianen gewaltige Tritte gegen Wade und Oberschenkel verpaßte. Sie ihrerseits brüllten vor Schmerz und kamen nie auch nur auf Schußweite an ihn heran. Der Beifahrer tat seine Arbeit: Er half nämlich aus, und durch einen plötzlichen Tritt in die Kniekehle konnte er Schieli zu Boden schicken. Leffy war inzwischen wieder auf den Beinen und konnte, zusammen mit dem Dicken, auch Herman auf den abgetretenen Boden legen, wo sie sein Gesicht ausgiebig mit Eintopf und Spinnweben einseiften.

«Aufhören!» stöhnte Herman. «Aufhören, zum Henker!»

Schieli sagte gar nichts. Er hatte sich wieder aufgerappelt, und jetzt tröpfelte sein Nasenblut auf den Boden, während er leicht hin und her schwankte. Total im Tran und nur halb bei Bewußtsein, versuchte er, sich den Beifahrer mit dem linken Arm vom Leibe zu halten und gleichzeitig mit dem rechten Zeigefinger seine Zähne durchzuzählen.

«AUFHÖREN! HAB ICH GESAGT!» Herman brüllte vor Wut und Schmerz. Der Dicke hatte ihm den Arm in Nackenhöhe auf den Rücken gedreht.

Es wurde ganz still, als der Dicke seinen Zugriff etwas lockerte.

«Ich bin nicht hysterisch», sagte Leffy, während er weiterhin mit Hermans Bartstoppeln den Boden wischte. «Ich wäre auch nicht total ausgerastet, wenn ich allein im Wagen gesessen hätte. Aber das war heute nun mal nicht der Fall.»

«Hab ich ja wohl auch kapiert», schluchzte Herman. «Aber das war ein Patzer, ja? Mir war auch schon ganz schlecht, als ich gerafft habe, wie glatt das wirklich war.»

«Das hast du noch immer nicht gerafft», sagte Leffy und stand auf. Er gab dem Dicken ein Zeichen, Hermans Arm loszulassen. «An dem Tag, wo du wirklich raffst, wie glatt es auf dieser Welt ist, wirst du dir in die Hose machen.»

«Soll ich die Polizei anrufen?» fragte Kari aus der Küchentür.

«Nein, vergiß es», sagten Leffy und Herman im Chor. Leffy fügte hinzu: «Es ist doch gerade Mittagspause. Laß dem Sheriff seine Ruhe.»

Sekunden später gingen alle fünf auf den Hof, und bald darauf hörte ich, wie Leffy den Lastwagen anließ und zurücksetzte, damit der Toyota losfahren konnte.

«Was gibt's denn als Nachtisch, Kari?» fragte der Prof und trug seinen restlos geleerten Teller zum Tresen. «Ganz perfekt wäre jetzt Schokoladenpudding mit Vanillesoße, aber ich hätte auch nichts gegen eine Ladung Eis.»

Kari gurrte zufrieden und informierte den Prof über die lokale Nachtischsituation. Der Prof war einwandfrei ein Mann nach ihrem Geschmack. Bald darauf beugte er sich über eine riesige Portion Vanilleeis.

Das Eis war begraben unter einer Soße aus Him- und Brombeeren.

«Reizende Knaben!» sagte ich und schob meinen Teller beiseite. Ich war so satt, daß mir schon fast schlecht war, aber die letzte Frikadelle hatte ich trotzdem nicht geschafft.

«Stimmt!» sagte der Prof. «Der Fettsack hatte ja vielleicht Schwung!»

«Leffy aber auch», meinte ich. «Das hätte ich ihm echt nicht zugetraut. Wenn er und mein Vater sich balgen, gewinnt immer mein Vater. Und bei allem Respekt, wie man so sagt ...»

«... hat dein Vater in dieser Hinsicht nicht viel zu bieten», sagte der Prof.

«Genau», stimmte ich zu und merkte, daß ich mich vergrätzt anhörte. Das hätte der Prof nicht sagen sollen.

Leffy kam wieder herein, und ich hörte, wie der große LKW draußen anfuhr.

Leffy lachte. «Tolle Kiste, was? Darauf habe ich schon lange gewartet!» Er rief nach Kaffee und durchwühlte seine Taschen nach Geld.

«Aber zum Kranich!» seine Hand kam mit einem zerknüllten Fünfziger und einer Faust voll Eintopf wieder zum Vorschein.

«Ich finde, der Kaffee geht auf Kosten des Hauses», sagte Kari und stellte die Tasse auf den Tisch. «Den Schein kannst du auch gleich wegwerfen. Aber gib mir mal deine Jacke, dann sehe ich, was sich machen läßt. Bist du denn überhaupt satt geworden?»

«Nimm die hier», sagte ich und schob ihm meinen

Teller mit der Frikadelle hin. «Spitzenware, Kari, aber ich platze gleich.»

«Laß das lieber», sagte sie. «Nicht hier drinnen. Eintopf und Nasenbluten sind wirklich schon genug.»

Der Schwarzgebrannte

Eine Dreiviertelstunde später setzte Leffy uns voll am Arsch der Welt ab. Ja, ich hatte noch nie soviel Arsch der Welt erlebt wie hier. Über eine halbe Stunde lang hatten wir nur Kiefern und Heide gesehen, es sah aus wie ein Wald aus Telegrafenmasten mit oben einem Hauch Grün, und alles war platt, total platt, ohne einen einzigen Busch. Das einzige, was hier wuchs, waren diese Art von Flechten, die wie Blumenkohl aussehen, aber man muß als Rentier geboren sein, um sie zu mögen. Ich kam mir vor wie auf einem anderen Planeten, und das sagte ich auch.

In diesem Moment hielt Leffy vor einer verwitterten Milchrampe, und ich konnte sehen, daß der Prof sich bereit machte.

«*Hier* steigen wir aus?» Ich war richtig sprachlos.

«Genau hier!» antwortete Leffy und machte sich an seinem Tabak zu schaffen. «Stimmt das nicht, Prof?»

«O doch, und wie!» sagte der Prof. «Und nur eins, Peter: Das hier ist wirklich ein anderer Planet. Die Luft ist anders als auf dem Planeten Torshov, aber sie läßt sich atmen. Anfangs wird es dir vielleicht ein bißchen schlecht, weil die Abgase fehlen, aber das legt sich nach und nach.»

Wir sprangen aus dem Wagen und holten dann hinten unsere Rucksäcke. Leffy beugte sich aus dem Fenster, jetzt mit brennender Kippe. «Okay, Jungs. Ich bin dann weg.»

Wir bedankten uns fürs Mitnehmen, und er legte den ersten Gang ein und fuhr weiter auf der Straße, die eher aussah wie eine schmale Landebahn, ohne Ende. Hundert Meter weiter stieg er plötzlich auf die Bremsen und kam im Rückwärtsgang zu uns zurückgebrettert. Er hielt vor unseren Schuhspitzen an und kurbelte noch einmal das Fenster herunter.

«Eins noch: Eure Eltern haben euer Gehampel langsam satt. Sollte hier oben im Busch ein ‹Fall› auf euch warten, dann schaut in die andere Richtung, ja? Abgemacht? Wenn jemand ins Moor geraten ist, laßt ihn nach China sinken. Und ihr pfeift auf Drogenschmuggler und UFOs. Sind wir uns da einig?»

Ich mußte fast lachen. «Fall»! Dachs im Clinch mit brutalem Auerhahn!

«Nein, nein», sagte der Prof und zog seine Tragriemen an. «Wir rühren keinen Finger, egal, was auch passiert. Ich werde nicht einmal Peter helfen, wenn der sich die Axt ins Schienbein haut.»

«Klingt gut», sagte Leffy. «Bis dann!»

Wir blieben am Straßenrand stehen und sahen dem Wagen nach, bis er nur noch ein kleiner Punkt weit weg am Horizont war.

«Keine Panik», sagte der Prof und stupste mich an. «Wir sind unterwegs zu einer weitaus spannenderen Landschaft. Anderthalb Stunden Marsch. Das schaffst du doch?»

«Ob ich das schaffe? Na klar. Bei dir wird's wohl schlimmer, Alter. Du hast ja vorhin in Karis Wirtshaus fünfzig Kilo gefressen.»

«Ich mußte doch höflich sein. Die Frau hatte das Essen ja schließlich selber gemacht. Wir müssen hier lang.» Er marschierte voll in den Rentierblumenkohl.

Erst als ich ihm folgte, fiel mir auf, daß wir uns auf einem halbwegs sichtbaren Waldweg befanden. Genau wie die Hauptstraße führte er gerade, ohne den geringsten Schlenker, durch die Telegrafenmasten.

«Hier kann es für Uneingeweihte wirklich ein bißchen langweilig werden», sagte der Prof. «Aber es ist doch spannend, wenn du dich hier erst mal eingewöhnt hast. Haufenweise Tiere und Vögel. Und allerlei komischer Kram, der aus der Erde wächst.»

Ich gab keine Antwort. Ich gehörte zu den Uneingeweihten.

Aber nach einer halben Stunde Marsch erwachte so langsam auch bei mir das Interesse. Der Wald wurde dichter, und wir mußten uns vornüberbeugen. Es ging aufwärts. Und aufwärts und aufwärts. Wir erreichten hohen Mischwald, bei dem ich mir locker vorstellen konnte, daß sich noch niemals irgendwer mit Axt oder Motorsäge in diese Gegend verirrt hatte. Gelinde übertrieben waren die Tannen so hoch, daß sie nachts die Sterne kitzeln konnten. Espen und Ahorn. Sogar die ein oder andere Eiche. Riesige Ottos, und der Prof behauptete, sie wären mehrere Jahrhunderte alt. Komisches Gefühl, mit der Hand über ihre Borke zu streichen. Zu wissen, daß Tycho Brahe vielleicht noch in

Windeln herumspaziert war, als dieser Baum hier Eichel war. Und Zähne hatte Tycho auch noch nicht gehabt. Riesige Perspektiven, wie der Prof sagte. Wir machten an einem Bach halt und tranken das eiskalte, klare Wasser. Tief im Wald, hinter moosbewachsenen Geröllhalden und dichtem Unterholz, schrie irgendein Vogel hysterisch los, es klang richtig unheimlich.

«Schwarzspecht», sagte der Prof, dessen Vater dermaßen Hobbyornithologe war, daß er schon fast als Profi gelten konnte.

«Kriegen wir den zu sehen?» Ich wischte mir den Mund ab und ließ meinen Blick in die Richtung gehen, aus der das Geschrei gekommen war.

«Kaum. Der ist scheu. Und er weiß, daß wir hier sind. Diese Typen haben mit Leuten wie uns einfach nichts am Hut, weißt du.»

Wir gingen weiter. Ich war jetzt ziemlich durchgeschwitzt und erschöpft, aber ich versuchte, mir nichts anmerken zu lassen. Denn der Prof, übergewichtig und alles, schien die Steigung überhaupt nicht zu bemerken. Ein Läufer war er zwar einwandfrei nicht, aber unser zähes Tempo schien ihm ausgezeichnet zu passen.

Schließlich flachte das Terrain wieder ab. Als wir uns umdrehten, um nach dem letzten steilen Hang wieder zu Atem zu kommen, hatten wir eine Aussicht, die ich bis in den Bauch hinunter spürte. Meilenweit Wald. Im Norden, Süden und Westen. Hier und da blinkten kleine Seen und Bäche blau auf, aber die Grüntöne der Tannen waren überwältigend. Die

Straße, über die wir in Leffys Karre gekommen waren, konnten wir überhaupt nicht sehen.

«Den Schweiß wert, was?» fragte der Prof.

«Ja», gab ich zu. «Den Schweiß wert. Wo liegt denn Schweden?»

Der Prof zeigte mit dem Daumen über seine Schulter zurück. «Gleich hinter uns. Nicht sehr weit. Sagrønningen liegt ungefähr auf der Grenze.»

Wir setzten uns wieder in Bewegung. Schon nach zweihundert Metern sahen wir hinter einem großen Moor die Umrisse eines Hauses.

«Wir können doch wohl noch nicht dasein?» fragte ich und dachte an die Kilometer, von denen der Prof gesprochen hatte.

«Nein, nein. Das ist Orholtet.»

«Verlassen, so wie Sagrønningen?»

«Nein. Bewohnt. Unser Nachbar. Aber keine Panik – der wird sich nicht in unsere Angelegenheiten mischen. Der Schwarzgebrannte hat nämlich eine gewisse Tendenz zur Zurückhaltung, wenn er Menschenfleisch riecht. Oder, um es ganz klar zu sagen: Er ist menschenscheu. Aber ich kenne ihn. Er ist so lieb, wie der Tag lang ist. Und meistens so besoffen, daß er keine Ahnung hat, wo er ist.»

«Der Schwarzgebrannte?»

«Harald Karlsen. Aber alle nennen ihn den Schwarzgebrannten. Wenn du ihn je mit Töpfen und Pfannen in Aktion siehst, dann verstehst du, warum. Ein bißchen unkonzentriert gewissermaßen. Aus Koteletts werden Kohlenstücke und aus Speck fettige Asche. Die ganze Küche sieht aus wie eine Brandstätte, wenn er fertig ist.» Der Prof zeigte über das düstere Moor. «Er hat da draußen in einem Loch vor vielen Jahren Frau und Tochter verloren. An Astrid kann ich mich noch erinnern, sie war so alt wie wir. Nach dieser Geschichte ist er restlos ausgetickt, glaube ich.»

«Übel!» sagte ich.

Wenn ich meinen Blick auf das Haus auf der anderen Seite richtete, konnte ich keinen Hinweis darauf entdecken, daß dieser Mann existierte. Nirgendwo eine Bewegung, kein Mucks. Nicht einmal Rauch aus dem Schornstein.

Aber als wir nach einiger Zeit das Moor umrundet hatten und den Hof erreichten, bot sich uns ein Anblick, der mir sofort einen Schrecken einjagte. Ich glaubte, zum erstenmal dem Tod zu begegnen, und mein Herz machte in meiner Brust einen Sprung. Denn einen Meter vor der abgetretenen Treppe, auf dem hartgetrampelten Boden, lag eine Gestalt auf dem Rücken, die Arme und Beine wie ein Seestern ausgestreckt. Es war ein Mann in grauer Frieshose und blaukariertem Hemd, und er schien nicht zu atmen.

«Der ist ja tot!» flüsterte ich dem Prof zu. Ich merkte, wie meine Stimme zitterte. «Jetzt geht das schon wieder los, zum Teufel! Egal, wohin wir uns auch drehen und wenden, es gibt nur Ärger und Scherereien.»

«Keine Panik», sagte der Prof, wenn auch nicht sehr überzeugend. «Wenn er mitten in seiner Periode ist, kippt er manchmal einfach um. Ich habe das noch nie gesehen, aber mein Vater hat es mir erzählt.»

«Mitten in seiner Periode? Der Typ hat doch nie im Leben seine Tage!»

«In seiner Trinkperiode!» erklärte der Prof. «Komm!»

Ich hatte noch Gelee in den Knien, als wir auf den Mann zugingen, aber immerhin trugen mich meine Beine. Ich dachte, wenn er tot wäre, dann könnten wir daran auch nichts ändern. Ich würde zum erstenmal in meinem Leben eine Leiche sehen, und das hatten auch vor mir schon viele überlebt.

Aber nichts da. Zum Glück hatte der Prof recht. Der Schwarzgebrannte atmete heftig, ja, er schnarchte sogar, das hörten wir, als wir näher kamen.

Er sah witzig aus. Und hatte einen Atem, von dem uns die Augen brannten, obwohl wir aufrecht standen und er platt auf dem Boden lag. Einen schneidenden Geruch von miesem Fusel, solchem, den man nicht im Laden kaufen konnte. Von richtigem, selbstgebranntem Schnaps von der Sorte, die aussah wie Magermilch mit kleinen Kartoffelstücken. Mein Vater hatte von einem Kumpel einmal so eine Flasche bekommen, und er hatte eine Stunde lang gekotzt, nachdem er nur einen Eierbecher davon getrunken hatte. Der Schwarzgebrannte hatte sich vermutlich ein komplettes Einmachglas zu Gemüte geführt.

Sein Kopf war kugelrund, wie ein Fußball. Die Haare waren kurz und unregelmäßig geschnitten. Dunkel mit grauen Einsprengseln. Sein Gesicht war von Schmutz und Schweiß verdreckt. Die winzig kleine Nase war ein Himmelfahrtsmodell, und aus den Nasenlöchern quollen struppige dunkle Haare. Seine Ohren standen von seinem Kopf ab und sahen aus wie die Henkel an einem Topf. Er sah so komisch aus, daß ich fast losgeprustet hätte. Mein Lachen hatte sicher auch sehr viel mit meiner Erleichterung zu tun. Mit der Erleichterung, daß es hier oben in der Einöde Leben gab.

Und der Schwarzgebrannte lächelte. Er lag da mit geschlossenen Augen und lächelte wie ein Kind den Aprilhimmel über sich an.

«Harald!» Der Prof hockte sich neben ihn und schüttelte ihn. *«Harald!»*

Harald der Schwarzgebrannte reagierte nicht.

«Harald! Du kannst hier nicht liegen bleiben, es kann heute nacht kalt werden!»

«Es *wird* heute nacht kalt», korrigierte ich. Ich spürte die kalte Luft vom Moor.

«Hilf mir!» befahl der Prof.

Wir warfen unsere Rucksäcke auf den Boden und packten jeder einen Oberarm. Mit vereinten Kräften gelang es uns, Harald umzudrehen, so daß sein Kopf jetzt auf die Tür zeigte. Dann fingen wir an, ihn zur Treppe zu schleppen.

Plötzlich schlug er die Augen auf, aber ich glaube nicht, daß er uns sah. Eine Haut schien seine blauen Augäpfel zu überziehen, eine zähe Haut von gewaltiger Promille.

«Zu Hause», sagte er deutlich. «Hier wohne ich. Das habe ich immer schon ...»

«Aber sicher», murmelte der Prof. «Immer schon.»

«Komisch», fuhr der Schwarzgebrannte fort. «Ich stand da im Moor, und ...»

Und dann war er wieder weg.

Es war schrecklich anstrengend, ihn die Treppe hoch und ins Haus zu bugsieren, aber schließlich gelang es uns. Wir betraten einen stinkenden Flur und gleich darauf eine ebenso stinkende Küche. Neben dem Holzherd, auf dem der Schwarzgebrannte seine berüchtigten Mahlzeiten fabrizierte, stand eine Bank. Darauf legten wir ihn. Ansonsten sah die Küche aus wie ein Schuttplatz. Überall lagen leere Konservendosen, Milchtüten, Zeitungen und Plastiktüten herum. Und die Visitenkarten, die die Mäuse hinterlassen hatten, verrieten, daß der Bestand groß und wohlgenährt war.

«Pfui Teufel», sagte ich. «Daß der das aushält!»

«Steck ihn in ein Pflegeheim oder so was», sagte der Prof. «Und innerhalb von vierundzwanzig Stunden ist er tot. Hier kann er es aushalten. Nur hier.»

«Ja, ja», sagte ich. «Machen wir, daß wir weiterkommen. Es wird bald dunkel.»

Und damit hatte ich noch mehr recht, als ich ahnen konnte.

Draußen senkte sich inzwischen die Dämmerung über den Hof. Die Schatten zwischen den Tannen waren tiefer geworden, fast schwarz. Der Himmel hatte sich zugezogen, eine bleierne Decke schien auf uns zu lasten. Die Baumwipfel bewegten sich unruhig in einem Wind, von dem wir hier unten auf dem Boden nichts spürten.

«Gut, daß wir ihn ins Haus geschafft haben», sagte der Prof und lud sich seinen Rucksack auf. «Es gibt ein Unwetter.»

«Und wir? Schaffen wir's noch vor der Sintflut?» Auch ich lud mir wieder den Rucksack auf.

«Das könnte ich dir sagen, wenn ich Gottvater wäre. Na los, es ist nicht mehr weit!»

Zwischen den Bäumen war ein seltsames Licht. Hell und dunkel zugleich irgendwie. Ab und zu riß über uns die Wolkendecke, und ein seltsames gelbes Licht fiel durch die Äste. Wie verzaubert. Mystisch. Mir gefiel es. Wir folgten einem gut ausgetretenen Weg. Ab und zu gingen wir über Wurzeln und Steine, die von Menschen- oder Tierfüßen glattgeschliffen waren. Das vermittelte mir das Gefühl, an einem Spiel teilzunehmen, das schon seit lange vor meiner Zeit lief und erst lange nach meinem Verschwinden enden würde.

Wir gingen fast stumm weiter. Wir waren beide erschöpft. Der Prof ging vor mir her, ich folgte ihm wie ein müder Hund. Plötzlich öffnete sich der Wald, wir standen auf einer kleinen Anhöhe und blickten auf ein Tal. Es war schön. Ein ziemlich großer Teich füllte fast das ganze Tal aus, sicher der Svartvann, von dem der Prof mir erzählt hatte. Fast ganz unten am Ufer lagen eine windschiefe Scheune und ein graues, zweistöckiges Wohnhaus. Am anderen Ufer konnte ich zwischen den Bäumen zwei Hütten erkennen, sah aber nirgendwo ein Lebenszeichen.

«Na, wie gefällt dir das?» fragte der Prof.

«Phantastisch», antwortete ich. Und das meinte ich auch so. Ich hatte nie Lust gehabt, irgendwann die Rolle eines Neusiedlers zu spielen. Näher würde ich wohl nie an Alaskas unendliche Wildnis herankommen. Der Prof und ich. Die überwinternden Pelzjäger. Vierzig Grad minus und brüllende Bären hinter der Klohütte. Zwei Männer am Feuer. Schweigen.

«Jetzt hoffe ich bloß, daß Jorun an die Spezialangeln

von ihrem Vater denkt», sagte der Prof. «Im Svartvann gibt's Forellen.»

«Was sagst du da?» fragte ich. *«Was zum Teufel hast du da gesagt?»*

Er blickte mich an. Er senkte den Kopf und blickte mich an, von unten nach oben.

Die ersten Regentropfen trafen ihn mit deutlichem Klatschen auf der rechten Wange.

Zwei Königskinder

«Stell dich nicht so an, Peter! Du hast das falsch verstanden, echt!»

«Falsch verstanden?» wiederholte ich. «Ich weiß nicht, was ich verstehen soll. Ich hatte das so verstanden, daß du und ich ein bißchen Ferien in der Wildnis machen wollten. Nur du und ich und der Busch. Du weißt, ich habe nichts gegen Jorun. Aber zum Henker … Du mußt doch wohl mal drei oder vier Tage ohne Busen auskommen können.»

Das mit dem Busen gefiel ihm nicht. Er richtete sich auf und sah mich düster an. «Darf ich dir vielleicht die Sache erklären, ehe du hier herumpöbelst?»

«Mehr als gern», erwiderte ich. «Ich hätte es im Grunde aber sehr zu schätzen gewußt, wenn du mir alles erklärt hättest, ehe wir zu Leffy in den Wagen gestiegen sind. Denn dann wäre ich nicht mitgekommen! Es ist schön und gut, das fünfte Rad am Wagen zu sein, wenn wir in Oslo etwas unternehmen. Wenn wir hier in der Einsamkeit herumhängen, ist es nicht so schön und gut.»

Ich ging jetzt auf das graue Wohnhaus zu, und ich fand, es sähe geradezu mies aus. Der Regen fiel immer dichter. Tropfen, so groß wie Trauben. Größer. Wasserbomben. Saurer Regen.

«Jetzt reg dich doch ab!» Der Prof holte mich hinkend ein. «Sie wohnen doch nicht bei uns.»

Ich blieb stehen. *«Sie?»*

Er schluckte. «Ja, sie und Beate. Sie wohnen ...» Er zeigte auf den See, und ich musterte die beiden Hütten zwischen den Tannen mit haßerfülltem Blick.

«Du Idiot!» sagte ich. «DU IDIOT!»

Denn nun war der Gedanke an Joruns Anwesenheit richtig nett. Die Tatsache, daß Beate auch kommen wollte, haute mich seelisch nämlich vom Stengel. Schon mehrmals, wenn ich mit dem Prof und Jorun ins Kino oder auf eine Pizza ging, war diese Frau wie zufällig aufgetaucht. Es machte mich völlig fertig, daß zwei intelligente Menschen wie der Prof und Jorun sich auf so eine ungeschickte Kuppelei einlassen konnten. Darüber war ich übrigens auch Beates wegen sauer. Sie war auf ihre Weise okay, aber ich sprang auf ihre Nähe eben nicht an. Wenn wir vor der Pizza saßen, dann richtete sich ihr bittender Blick über geschmolzenem Käse und Pepperoni auf mich. Wenn wir im Kino saßen, spürte ich ihren Blick in der Dunkelheit. Und nun würde sie mich also über die dunkle Oberfläche des Svartvann hinweg bittend ansehen. Oder über die Bratpfanne, wo der Speck in seinem eigenen Fett briet, der Bratpfanne, die der Prof und ich vom Feuer nehmen und direkt auf den Tisch stellen wollten, der Bratpfanne, die wir mannhaft nach Art der Wildnis zwischen uns teilen wollten, während wir über Frauen *redeten!*

Wir gingen nebeneinander her auf den kleinen Hof zu. Zwar durch fünfzehn Meter getrennt, aber doch nebeneinander. Ich überließ dem Prof den Pfad. Der blöde Pfad war mir doch schnurz. Ich konnte mir genausogut meinen Weg durch Gras vom Vorjahr und Gestrüpp bahnen, konnte den vertrockneten Tannen einen Tritt oder zwei verpassen und mir blaue Zehen holen.

Ich benahm mich natürlich wie ein Rotzbubi, das sah ich ein. Aber in diesem Moment hatte ich einfach *Lust,* mich wie ein Rotzbubi aufzuführen, ich war nicht zufrieden mit den Plänen des Prof und hatte keinen Bock, so zu tun als ob.

Der Prof war genauso sauer. Ich hatte beschlossen, ihn erst mal keines Blickes zu würdigen, aber ich konnte es einfach nicht lassen. Seine Stirn war so zerfurcht wie ein Waschbrett, und sein Mund war nur noch ein schmaler Strich. Er hatte einen Stock gefunden, mit dem er die Bäume am Wegesrand zur Ordnung rief. Kleine Peitschenhiebe zur Strafe, weil sie gerade dort standen.

Wir erreichten den Hof. Er war verfallen. Der Regen strömte, und alles sah traurig aus. Wortlos nahm der Prof seinen Rucksack ab und durchwühlte seine Jackentasche nach dem Schlüssel. Er förderte ein Pfund rostiges Eisen zutage und schloß auf. Dann verschwand er im Haus und schloß hinter sich die Tür.

So kann das nicht weitergehen, dachte ich, als der erste Bach sich seinen Weg unter meinen Hemdskragen suchte. Ein beweglicher Eiszapfen, der es bis zu meinem Kreuz schaffte, ehe er vom Stoff absorbiert wurde. Ich sah ein, daß ich zu heftig reagiert und den Prof verletzt hatte. Aber ich sah auch, daß er mich hinters Licht geführt hatte. Ich wollte ihn nicht in Sünden sterben lassen, sondern wollte ihm gestehen, daß auch ich gesündigt hatte.

Ich öffnete die Tür und stand gleich in der Küche. Der Prof lag vor dem riesigen Holzherd auf den Knien und zerlegte mit wütenden Handbewegungen ein Stück Holz. Wortlos machte er im schwarzen Schlund ein Feuer. Es loderte auf. Ich stellte meinen Rucksack ab und setzte mich an den Tisch. «Es waren zwei Königskinder», sang ich, von den armen Würstchen, die einfach nicht zusammenkommen und Opfer von Eifersucht und Mißverständnissen werden.

Er fuhr herum: «Was soll das heißen?»

«Vergiß es», antwortete ich. «Das war übertrieben von mir. Tut mir leid. Ich war total kaputt, und ich habe mir vorgestellt, wie ich die ganzen Ostertage über allein in einer Ecke sitze. Und die Kiste mit Beate solltet ihr euch abschminken, du und Jorun. Das ist gemein von euch – ihr gegenüber.»

Schweigend und ernst sah er mich an.

«Sei nicht sauer, Prof. Das paßt weder zu mir noch zu dir.»

Er stand auf. Ich sah, daß er vom Marsch total steif war. «Du hast recht, Peter.» Er streckte die Hand aus. Und das war irgendwie so feierlich, daß wir beide rot anliefen. Worauf er die Pfote fallen ließ, ehe ich meine Kanone ziehen konnte.

«Ist auch nicht immer leicht, der Prof zu sein, verstehst du? An allen Ecken und Kanten Rücksicht nehmen.»

«Und an den Ecken steht Jorun und an den Kanten ich?»

«So ungefähr, ja. Aber laß uns jetzt nicht übertreiben. Sie hat nichts gegen dich, und du hast nichts gegen sie. Alles klar, also.»

Und dann erzählte er mir von seinem neuen Leben als Liebster. Einem Leben voller Freude, wenn ich das richtig verstand, aber auch voller Verantwortung. Verantwortung für seine Beziehung zu Jorun, natürlich. Aber, wie er betonte, dazu noch Verantwortung für seinen einzigen und besten Freund. Im Herd knisterte es, und nun wurde er nahezu eifrig. Er war wieder der gute alte Prof. Auf fast leidenschaftliche Weise erzählte er mir, wie dieses Osterfest an ihm gefressen hatte. Einerseits hatte er mir eine einzigartige Männertour versprochen, an irgendeinen Ort mit fast unberührter Natur. Über seinen Vater, der als Frischluftveteran durchgehen konnte, hatte er die Wahl zwischen einer Unmenge Hütten und stillgelegter Höfe. Aber er hatte mir sein Versprechen gegeben, ehe «das Schicksal mich in Joruns Arme geworfen hat», wie er sagte. Und irgendwann im Februar hatte sie die Bemerkung fallenlassen, daß sie an Ostern vielleicht etwas Witzigeres unternehmen könnten, als in den Straßen der Stadt herumzulatschen. Sie hatte zum Beispiel Zugang zur Hütte von Onkel Kåre, gleich bei der schwedischen Grenze. Bei einem See namens Svartvann. Der Prof hatte zuerst bedauert und auf seine Abmachung mit mir verwiesen, und die beiden Turteltauben hatten ihren ersten richtigen Streit gehabt. Tränen und böse Worte und Türenknallen. Und eine Stunde später Versöhnung, natürlich. Und dann hatte der Diplomat Prof Erlandsen einen Kompromiß vorgeschlagen. Der

Name Svartvann war ihm nämlich nicht unbekannt. Er kannte Sagrønningen, und er wußte, daß dieser verlassene Hof fast das ganze Jahr über leer stand.

Alles klar. Fertig die Kiste. Aber abgesehen davon, daß der Prof Sagrønningen kannte und diesen Hof für symbolische hundert Ecken hatte mieten können, hatte er auch gewußt, daß ein gewisser Peter Pettersen sich querlegen würde, wenn er ihm diesen Krisenplan so einfach aufs Butterbrot schmierte. Und damit hatte er natürlich recht.

«Na gut», sagte ich. «Wann kommen sie?»

«Erst am Samstag. Und du brauchst dich gar nicht weiter aufzuregen, das hier wird keine Kleinfamilienkiste. Beate hinkt in Mathe und Englisch total hinterher, und Jorun hat versprochen, sie wieder auf die Beine zu bringen. Aber Samstagabend essen wir zusammen. Hier. Und dann hast du dich wie ein Mann von Welt zu benehmen. Jorun hat versprochen, einen Lammbraten mitzubringen.»

Beim Stichwort «Lammbraten» wechselten wir einen dämlichen Blick.

«Fressen!» sagten wir wie aus einem Munde.

«Speck!» sagte der Prof.

«Bohnen!» sagte ich. «Haufenweise Speck und Bohnen. Und Spiegeleier und frisches Brot!»

«Das übernehm ich, Peter. Du kannst inzwischen im Wohnzimmer den Ofen anwerfen. Wenn du kein Feuer zustande bringst, dann sag Bescheid.»

«Natürlich schaff ich das.»

«Ich meine: Verbrauch nicht zweitausend Streichhölzer!»

«Ich brauch bloß eins», sagte ich. Vor dem Aufbruch hatte ich mir noch schnell eines von Vaters Wegwerffeuerzeugen eingesteckt.

Als wir gegessen hatten, war es im Wohnzimmer schön warm geworden, und deshalb zogen wir nach dorthin um. Wir saßen auf einem Sofa, das leicht schimmelig roch, und lauschten dem Regen und dem Knistern im Ofen. Ich dachte an Oslo. An das Gewühl in der Innenstadt. An die Autos, die langsam im Regen vor unserem Wohnzimmerfenster oben in Torshov vorüberglitten. Und ich dachte an den Schwarzgebrannten, der jetzt wahrscheinlich aus seiner Schnapsnarkose erwachte. Wie unterschiedlich unsere Leben doch abliefen. Wie wohl die Leute gedacht hatten, die in alten Zeiten hier oben gewohnt hatten? Auf jeden Fall ganz anders als meine Eltern. Und ihre Kinder? Wie war es gewesen, hier im Wald aufzuwachsen?

Der Prof sagte: «Hab ich schon erwähnt, daß es hier spukt?»

Ich lachte. «Du konntest es wohl nicht länger aushalten, was? Auf den Schmus da habe ich im Grunde schon beim Essen gewartet.»

Der Prof lächelte vielsagend und nahm einen Schluck aus seinem Teebecher. «Na ja. Aber in dem Wald hier wimmelt es von Rätseln, soviel steht fest.»

«Denkst du an geheimnisvolle Flugzeuge ohne Kennzeichen und so?»

«Unter anderem. Und vor einigen Jahren sind hier in der Gegend zwei Leichen gefunden worden. Sie konnten nie identifiziert werden. Alle persönlichen

Papiere fehlten. Sogar die Warenmarken in ihren Kleidern waren herausgeschnitten worden.»

«Erschossen?»

Der Prof zuckte mit den Schultern. «Keine Ahnung. Sie sind jedenfalls kaum eines natürlichen Todes gestorben.»

«Ich habe davon gehört», sagte ich. «Mein Vater hat es irgendwann einmal erwähnt. Er glaubte an einen Zusammenhang mit diesen geheimnisvollen Flugzeugen. Und er meinte, die ganze Kiste drehe sich um Rauschgift. Schmuggel.»

«Gut möglich», meinte der Prof. «Aber es kann auch Spionage gewesen sein. Kalter Krieg und so.»

«Wohl kaum ein Fall für Peter und den Prof», sagte ich und holte die Spielkarten. «Das überlassen wir doch lieber den Fünf Freunden.»

«Ja», sagte der Prof und lachte. «Und Onkel Quentin. Der würde sich hier oben gut machen!»

Und da hörten wir es. Ein Flugzeug! Das Geräusch erreichte uns stoßweise, als ob es von den Windstößen getragen würde, die den Regen gegen die Fensterscheiben prasseln ließen.

Bekannte in Sicht

Am nächsten Tag, dem Karfreitag, hatte sich das Wetter ein bißchen beruhigt. Trocken und zaghafter Sonnenschein. Die Wolken segelten mit gutem Fahrtwind über den Himmel. Ich lag noch einige Minuten im oberen Bett und glotzte aus dem Fenster, während ich dem Prof zuhörte, der in der Küche den tapferen Versuch machte, «Wir lieben die Stürme» zu pfeifen.

Als ich fertig angezogen war, hatte er schon Kaffee gekocht und stellte gerade das Essen auf den Tisch. In der Bratpfanne machten zwei Spiegeleier es sich im speckigen Fett des Vorabends gemütlich.

«Gut geschlafen?» fragte er mit dem Rücken zu mir.

«Wie ein Stein!» Ich trat ans Spülbecken und spritzte mir ein wenig Wasser ins Gesicht. Eiskalt. Herrlich.

«Ich habe von Flugzeugen geträumt», lachte der Prof. «Von unheimlichen schwarzen Flugzeugen, die durch den Sturm jagten. Ich glaube, wir dürfen uns nicht länger nach Einbruch der Dunkelheit gegenseitig hochschaukeln.»

«*Du* hast *dich* hochgeschaukelt», sagte ich und setzte mich. «Ich habe die ganze Zeit gesagt, das ist ein Flugzeug, na und? Heutzutage ist es trotz allem ziemlich üblich, daß diese Maschinen sich in der Luft befinden.»

«Ja, schon. Jung-Erlandsen hat sich aufgeregt, das gebe ich zu. Aber dieses Motorengedröhn kam irgendwie wie bestellt. Richtig unangenehm für meine Nerven.»

Ich schwieg. Das Geräusch des Flugzeuges hatte auch meine Nerven angeknabbert, obwohl es mir gelungen war, das hinter einigen sachlichen Bemerkungen zu verbergen.

«Machen wir danach einen Ausflug auf den Svartkollen?» Der Prof servierte die Spiegeleier. «Am anderen Ufer», fügte er als Erklärung hinzu. «Die Hütte von Joruns Onkel liegt gleich darunter. Scharfe Aussicht von da oben. Und die schwedische Grenze liegt im Tal auf der anderen Seite.»

«Weiß nicht», sagte ich. «Könnte mir auch vorstellen, mein Glück bei den Forellen zu versuchen.» Ich dachte an die scharfe Glasfaserangel, die mein Großvater mir zu Weihnachten geschenkt hatte, die Angel, die jetzt schräg an der Küchenwand lehnte.

«Die beißen jetzt noch nicht», erwiderte der Prof. «Das versuchen wir in der Dämmerung.»

Der Weg auf den Svartkollen war steil und unwegsam. Aber obwohl uns der Marsch von gestern noch in den Knochen saß, kamen wir jetzt, wo wir nicht mehr die schweren Rucksäcke schleppen mußten, rasch voran. Die Luft war kühl und klar, und überall meldeten die Vögel sich zu Wort. Der Prof zeigte auf alle, die wir sahen, und erklärte mir, wie sie hießen. Es gab Eichelhäher und Weidenmeisen und Blaumeisen. Und ein Federvieh, das ich noch nie gesehen hatte. Der Prof war ganz feierlich, als er den Namen nannte: Tannenhäher. Wenn ich das richtig verstanden hatte, dann war es ein Witz, ihn um diese Jahreszeit hier zu finden. Komischer Heini. Braunes Gefieder mit weißen Sprenkeln. Er beäugte uns neugierig von einem Tannenwipfel her und machte sich lauthals wichtig.

Die letzten Meter bis zum Gipfel führten über blanken Fels. Hier oben konnten sich nur ein paar verkrüppelte Kiefern in Felsspalten und Senken festkrallen. Und auf dem höchsten Punkt hatte irgendwer einen Steinhaufen als Wegweiser aufgeschichtet. Wir lehnten uns daran, während wir uns den Schweiß abwischten und wieder zu Atem kamen. Die Aussicht war phantastisch, es kam mir fast schon seltsam vor, daß wir in der Ferne nicht den Wolkenkratzer Oslo Plaza sehen konnten. Vom Hof her hatte diese Kuppe – oder dieser Berg – nicht besonders beeindruckend ausgesehen, fast wie ein Hubbel auf dem anderen Seeufer, aber jetzt war ich hin und weg. Daß Sagrønningen und Svartvann auf einem Höhenzug lagen, wußten wir ja schon. Aber nur einen Kilometer weiter östlich, entgegengesetzt der Richtung, aus der wir gekommen waren, fiel das Terrain schroff ab, und unten führte ein schmaler Kiesweg nach Schweden. Ich war ziemlich enttäuscht über die Grenze, ich weiß auch nicht so recht, was ich erwartet hatte, vielleicht ein paar Wachtürme und freilaufende Schäferhunde – aber die Grenze bestand nur aus einem abgeholzten Streifen mitten im Wald. Wir konnten da unten auch einen Hof sehen, der offenbar noch in Betrieb war. Rauch aus dem Schornstein und Leute bei der Arbeit.

«Den Grenzkontrollpunkt kannst du von hier aus nicht sehen», sagte der Prof und zog das Fernglas aus der Anoraktasche. «Zuviel Wald im Weg. Aber da gibt's auch nicht viel zu sehen. Nur eine Bude, und die ist selten besetzt. Davor hängt ein Schild, auf dem der Zoll dir mitteilt, welche Nummer du anrufen sollst, wenn du was zu verzollen hast.»

«Da läuft der Draht sicher heiß», meinte ich.

Der Prof zuckte mit den Schultern. «Bestimmt werden da ab und zu ein paar Kilo Fleisch und einige Wannen Schnaps rübergeschafft. Aber hier oben ist wenig los. Wenn der Zoll alle Übergänge an der ganzen Grenze besetzen wollte, dann würde das irrsinnig teuer werden. Und die echten Verbrecher, die Rauschgift schmuggeln, können dann ja einfach durch den Wald gehen.»

Ich hatte mir noch nie überlegt, daß das so leicht war. Ich hatte gelesen, daß in letzter Zeit haufenweise Amphetamin aus Polen nach Schweden gekommen war. Wer das nach Norwegen schaffen wollte, müßte ja komplett bescheuert sein, wenn er sich ins Flugzeug nach Oslo setzte.

Der Prof beglotzte durch das Fernglas den Hof unten im Tal. Er lag ein Stück entfernt von der Straße am Hang. Der Prof räusperte sich und grunzte. Diese Laute signalisierten, daß seine Gehirnaktivitäten voll aufgedreht waren.

«Wir haben mit Leffy abgemacht, daß wir uns in diesen Osterferien keinen Unfug an den Hals laden, ja?» fragte er.

«Ja, zum Glück», antwortete ich. «Liegt da unten auf dem Hof ein liquidierter Spion?»

«Das nicht gerade.»

«Was denn dann?»

«Nein, nichts. Absolut gar nichts.»

Ich nahm ihm das Fernglas weg und richtete es auf den Hof. Auf der Treppe stand, mit übereinandergeschlagenen Armen, ein Frauenzimmer. Ein Hund lief an einer langen Leine herum und schnüffelte.

Und hinten bei der Scheune stand Schieli und hackte Holz.

«Herrgott», sagte ich und gab dem Prof wieder das Fernglas. «Na ja, aber Holzhacken ist schließlich nicht verboten.»

«Ganz recht», antwortete der Prof und richtete das Fernglas auf Schweden, ein Schweden, das Norwegen ähnelte wie ein Ei dem anderen. «Deshalb schlage ich vor, daß wir ihn nicht gesehen haben.»

«Von mir aus», sagte ich. «Aber du mußt zugeben, daß es irgendwie nicht ganz sein Stil ist, hier in der Wildnis herumzustehen und Holz zu hacken.»

«Ja. Wenn er sich bloß nicht die Fingerspitzen abhackt», sagte er. «Ich finde, er hantiert ganz schön ungeschickt mit der Axt.»

«Ich wüßte ja gern, was der hier oben zu suchen hat. Das ist ja bestimmt nicht seine tägliche gute Tat, was er da hinlegt.»

«Falsch», korrigierte der Prof. «Du wüßtest durchaus nicht gern, was Schieli hier oben zu suchen hat. Du hast ihn vergessen.» Er schob das Fernglas wieder in seine Tasche. «Hattest du das etwa vergessen?»

Dann kletterten wir vom Berg, um zu essen und *die* große Forelle zu fangen.

LKW in der Scheune

Mit dem Essen gab es keine Probleme. Fischfrikadellen in brauner Soße, Blumenkohl und Kartoffeln. Schwieriger war es da schon mit der großen Forelle.

Zum Hof gehörte auch ein Boot, wie wir erfahren hatten. Nun gut. Der Bretterhaufen unten am Ufer konnte vielleicht mit gutem Willen als Boot bezeichnet werden. Aber Himbeersträucher wuchsen durch den Boden, und der Bug war verschwunden, vielleicht aufgefressen von einem gierigen Dachs.

«Auch gut», meinte der Prof. «Dann brauchen wir nicht zu rudern.»

Er hatte auch eine Angel, das war also nicht das Problem. Wir gingen am Strand zweihundert Meter nach Osten, wo eine Landzunge ins dunkle Wasser hinausragte. Wir hatten Kaffee mitgenommen, und als erstes machten wir auf der Landzunge in einer Felsspalte ein Feuer. Während das Wasser heiß wurde, warfen wir mehrmals die Angel aus, ich mit einem Blinker, der Prof mit Würmern, die er aus der fetten Erde hinter der Scheune ausgegraben hatte. Ich schaffte es einfach nicht, lebendige Würmer auf eine Angel zu spießen. Wenn sie sich krümmten, weil das spitze Metall ihre rosa Haut durchbohrte, lief es mir kalt über den

Rücken. Wenn Würmer schreien könnten, dann hätte sich sicher auch der Prof auf Blinker und Löffelköder beschränkt.

Wir warfen aus und holten ein. Warfen aus und holten ein. Keine Reaktion bei Herrn und Frau Riesenfisch.

Aber das machte nichts. Wir hatte genug zu essen im Haus, und es war ein schöner Nachmittag. Der Prof befestigte einen Schwimmer an seiner Angel und ließ Haken und Angelschnur im Wasser, während wir Kaffee tranken. Auf dem anderen Seeufer, am Hang über den beiden Hütten, schrie heiser ein Rabe. Mitten im See bewegte sich etwas. Einen Moment lang sah ich einen weißen Bauch, der sich über dem Wasserspiegel wölbte.

«Da draußen treibt er sich also rum», murmelte ich.

«Der da war nicht der Rede wert», meinte der Prof. «Hier gibt's dicke Brocken von vier, fünf Kilo.»

Eine Zeitlang schwiegen wir. Wir schlürften heißen Kaffee und hielten die Klappe.

Aber ich glaube, wir dachten so ungefähr dasselbe. Das glaube ich wirklich. Und ich weiß jedenfalls, daß bei mir keine Forellen zwischen meinen Ohren herumzappelten. Immer wieder sah ich das Bild vor mir: Schieli, der auf dem Hof an der Grenze Holz hackte.

Der Prof sah mich an und grinste: «Weit weg, Peterchen?»

«Nicht sehr weit.»

«So ungefähr zwei Kilometer?»

«Himmel», sagte ich. «Das ist ja richtig unheimlich. Wir benehmen uns wie siamesische Zwillinge. Mit einem gemeinsamen Gehirn.»

«Ja. Unheimlich. Genau wie Herman und Schieli. Aber ich glaube, an Gehirnzellen haben wir ein bißchen mehr zu bieten als die beiden.»

«Genauso neugierig wie ich?»

«Aber klar. Ich glaube, wir müssen mal einen kleinen Blick auf den Hof werfen. Aus der Entfernung, wohlgemerkt. Der Weg zur Straße hinunter ist höllisch steil, es wäre der reine Selbstmord, den im Dunkeln zu gehen. Und es wird bald dunkel. Aber ich habe ja das Fernglas, und oben auf dem Weg müßten wir gute Aussicht haben. Jedenfalls sind wir dann mehrere hundert Meter näher am Hof als oben auf dem Svartkollen. Eigentlich kann ich mir kaum vorstellen, daß wir etwas Interessantes sehen werden, aber ich glaube, es wäre doch klug von uns, diesen kleinen Abendspaziergang zu machen.»

«Klug?» fragte ich. «Wieso denn?»

Der Prof stand auf. «Sonst können weder du noch ich heute nacht schlafen.»

«Wir lassen Angeln und Kaffeekessel hier», sagte ich. «Hier oben wird ja wohl nichts geklaut.»

«Richtig. Und ich glaube sogar, daß ich meinen Schwimmer im Wasser lasse. Ich nehm nur noch schnell einen neuen Wurm.»

Ich löschte das Feuer gründlich mit dem Wasser aus dem Kaffeekessel. Es zischte in Glut und Asche, und es zischte auf dem aufgeheizten Felsboden.

Und dann brach ein neues Geräusch ins Klangbild ein. Das Geräusch eines Flugzeugmotors. Der Prof hatte es auch gehört. Er suchte mit dem Fernglas über den Baumwipfeln. Mit einem Brüllen erschien eine kleine gelbe Maschine über dem See, drehte einen weiten Bogen und verschwand über dem Svartkollen.

«Das ist jedenfalls nicht besonders geheimnisvoll», sagte der Prof und steckte einen neuen Wurm auf den Haken. «Korrekt gekennzeichnet und überhaupt. Der Pilot hat gewinkt. Rauschgiftschmuggler und Spione machen so was nicht, wenn sie im Dienst sind.»

«Sei da nicht so sicher», meinte ich. «Vielleicht sollst du das ja gerade denken.»

Der Prof warf die Angel aus und befestigte sie zwischen drei großen Steinen unten am Wasser. «Vergiß Jung-Erlandsens Intuition nicht», sagte er. «Die ist bekanntlich unübertroffen. Wenn ich sage, der Bengel ist okay, dann ist er okay.»

«Okay», sagte ich.

Die Dämmerung setzte ein, als wir in Richtung Steilhang losgingen, der zur Straße und zum Grenzübergang hinunterführte. Der Weg war hier am Seeufer breit und leicht begehbar.

Nach zwanzig Minuten öffnete sich der Wald, und der Weg führte den steilen Hang hinunter. Der Prof sagte noch einmal, daß wir ja nicht nach unten gehen dürften. Das hätte er mir gar nicht zu sagen brauchen, mich hätten keine zehn Pferde dorthin gebracht. Der breite Weg, auf dem wir gekommen waren, wurde nun nämlich zu einem Trampelpfad, der im Zickzack nach unten führte. An vielen Stellen ging es auf der einen Seite zehn bis zwanzig Meter steil nach unten. Ich konnte Baumwipfel auf Wegeshöhe sehen.

Wir irrten ein bißchen umher, bis wir höheres Gelände erreicht hatten. Fanden eine Geröllhalde unter einem Felsvorsprung, und von hier aus hatten wir einen guten Blick auf den Hof.

Der so friedlich und langweilig aussah, daß ich unseren Einfall sofort bereute. Rauch aus dem Schornstein. Licht in den Fenstern. Und damit hatte es sich. Wahrscheinlich spielten Herman und Schieli Karten und tranken mit diesem Frauenzimmer einen Schnaps, während der Hund am Ofen schlief. Was hatten wir denn erwartet? Das wußte ich nicht so recht. Auf jeden Fall, daß etwas geschehen würde. Etwas. Als es immer dunkler wurde, war auch die Straße unten nicht mehr zu sehen. Und kein Auto kam und zeigte sie in seinem Scheinwerferlicht. Wir wußten nicht einmal, ob Herman und Schieli nicht in ihrem verdammten Toyota saßen und wie die Irren nach Oslo rasten. Auf dem Hof unter uns war jedenfalls keine Spur von dem Auto zu sehen.

Nach einer halben Stunde sagte ich: «Gehn wir, Prof. Das ist zu doof. Ich komme mir wie ein Rotzbengel vor, der im Gebüsch einem Liebespaar auflauert.»

«Ich auch», sagte der Prof. «Außerdem wird es ganz schön kühl. Aber ich habe das Gefühl, daß etwas passieren wird ...»

«Noch zehn Minuten», sagte ich. «Höchstens eine Viertelstunde.» Ich lehnte mich an den unbequemen Stein hinter mir und stellte mir einen glühend heißen Tee in Sagrønningen vor, eine oder zwei Runden Karten und dann das Bett. Ich war müde, aber es war diese gute Müdigkeit, die wir verspüren, wenn wir unseren Körper benutzt haben, wenn wir gelaufen, geklettert sind, so wie wir an diesem Tag.

«Da kommt jedenfalls ein Auto», murmelte der Prof und hob sein Fernglas. «Sogar ein LKW.»

Ich gähnte. «Ich faß es nicht! So was Spannendes hab ich ja noch nie erlebt. Ist das wirklich wahr? Ein ganzer LKW? Und er kommt wirklich da unten auf der Straße?»

Es war auch nicht mehr schwer, ihn mit bloßem Auge zu erkennen. Er kam aus Schweden, sein kräftiger Motor brüllte in der Steigung da unten auf, die großen Scheinwerfer warfen gelbes Licht über Fahrbahn und Bäume.

«Der biegt ab», sagte der Prof. «Der biegt auf den Hof ab!»

Was er dann auch tat. Ich durfte für einen Moment das Fernglas leihen, und jetzt sah ich, wie die Federung das riesige Biest von einem Wagen auf dem schmalen Weg zum Hof beben und tanzen ließ. Dann verschwand er für ein oder zwei Minuten, um dann auf dem Hofplatz wieder aufzutauchen.

Der Hund meldete sich. Und wie! Der LKW-Fahrer drehte den Motor aus, und der Köter kläffte weiter.

Drei Mann auf dem Hof. Der Fahrer war aus dem Führerhaus geklettert. Die beiden anderen waren Herman und Schieli. Sie redeten und rauchten, und Schieli schlug dem Fahrer freundschaftlich auf die Schulter. Herman schnippte die Asche seiner Zigarette in die Dunkelheit und öffnete dann das Scheunentor. Drinnen wurde Licht eingeschaltet, und einen Moment lang sahen wir einen Betonboden. Fünf Minuten später fuhr der Fahrer seinen riesigen Wagen im Rückwärtsgang in die Scheune, und es wurde wieder still und dunkel. Nur der Hund wimmerte ab und zu, und das Licht in den Fenstern des Wohnhauses brannte weiter.

«Tja», sagte ich. «Der ist ja wohl kaum in die Scheune gefahren, weil er Regen befürchtet?»

«Kaum. Ich finde, das hier stinkt nach Schnaps, Peter. Einige hundert Liter Sechsundneunzigprozentigen, zum Beispiel. Oder zweitausend Flaschen Whisky von edlem Jahrgang. So was hat's in letzter Zeit massenhaft gegeben, das habe ich in der Zeitung gelesen. Haufenweise Kohle zu verdienen, und wenn es schiefgeht, wird einem nicht allzu hart auf die Finger gehauen. Jedenfalls nichts im Vergleich zu dem, was dir passiert, wenn sie dich mit Rauschgift erwischen.»

«Und wir?»

«Vergessen das Ganze, schlage ich vor. Wenn wir uns in irgendeinen Mist eingemischt haben, dann immer, weil Leute, die wir kannten, irgendwie darin verwickelt waren. Wir sind schließlich keine Bullen.»

«Natürlich nicht», stimmte ich zu. «Machen wir, daß wir nach Hause kommen.»

Als wir Angeln und Kaffeekessel an uns reißen wollten, entdeckte der Prof, daß der Haken festsaß. Die Angelschnur zeigte nicht weit vom Land schräg ins Wasser hinein. Dort war es nicht tief, das wußten wir, und der Prof zog seine Stiefel aus und krempelte sich die Hose hoch, um zumindest den Schwimmer zu retten, den wir in der Dunkelheit nicht erkennen konnten, der aber doch irgendwo da draußen sein mußte … Ich spannte die Angelschnur an, und er folgte ihr ins Wasser.

«Muß sich um einen Stein gewickelt haben», brüllte er. «Pfui Spinne, das Wasser ist ja vielleicht kalt! Aber was zum Hen … Peter, hier hat einer angebissen! Der Fisch hat das ganze Chaos hier angerichtet! Laß die Schnur los! O Himmel, o Himmel, der ist wirklich gar nicht schlecht. Ein Kilo, schätze ich.»

Bald darauf saßen wir in Sagrønningen und aßen gekochte Forelle mit Kartoffeln und Gurkensalat. Das hellrote Fleisch dampfte mit den Kartoffeln auf unseren Tellern um die Wette. Im Leben von Prof Erlandsen war das zwar oft genug vorgekommen, aber ich selber aß zum erstenmal zwei warme Mahlzeiten an einem Tag!

«Bedank dich bei den Würmern hinter der Scheune», sagte der Prof und fischte sich eine Gräte aus dem Mund. «Zu deinen Blinkern habe ich kein großes Vertrauen.»

In diesem Moment wurde an die Tür geklopft. Hart. Lange.

Orkan!

Es war der Schwarzgebrannte. Er stand auf der Steinplatte vor der Tür und zwinkerte uns aus zwei schwarzen Augen zu. Aus irgendeinem Grund erinnerte er mich an einen Igel. Oder an eine witzige Zeichnung, an die Karikatur eines Igels. Neben ihm, auf dem flachen grauen Stein, stand eine große Stahlkanne mit Henkel.

Tief in der Kehle murmelte er etwas Unverständliches. Ich konnte aus allem nur «Füße ausruhen» heraushören.

«Komm rein, Harald!» sagte der Prof. «Ich soll von meinen Eltern grüßen. Ich setz mal schnell Kaffee auf. Das hier ist mein Kumpel Peter.»

Der Schwarzgebrannte sah mich kurz an und nickte. Kam herein und setzte sich an den Tisch.

«Hau rein», sagte ich, als ich seinen Blick sah. Der musterte die beiden letzten Stücke Fisch. «Der Prof und ich sind schon total vollgestopft.»

Gleich darauf langte er mit gewaltigem Appetit zu, während der Kaffee dynamitstark vor ihm dampfte.

«Laß mich raten», sagte der Prof und zeigte auf die Stahlkanne. «Du hast Blaubeeren vom letzten Jahr gepflückt.»

Ein kleines Lächeln zeigte sich in den Bartstoppeln des Schwarzgebrannten, aber es verschwand so schnell wieder, wie es gekommen war. Ein schmaler Streifen zerlassener Butter zog sich über sein Kinn.

«Nun sag schon! Peter und ich haben den LKW kommen sehen. Haben die Kiste durchschaut, echt. Aber keine Panik – wir können die Klappe halten. Ist das echte Ware oder selbstgebrannt?»

Der Schwarzgebrannte schwieg beharrlich, bis er alles aufgegessen und seinen Teller mit der Messerklinge fast saubergekratzt hatte. Dann zog er aus der Jackentasche einen Flachmann und goß sich einen guten Schuß in die Kaffeetasse. Danach gab er Zucker hinzu und rührte um. «Sechsundneunzig», krächzte er.

Der Prof versuchte, ihm noch weitere Einzelheiten zu entlocken, aber der Schwarzgebrannte schwieg. Rauchte Selbstgedrehte und schwieg. Sein Blick hing an der Fensterscheibe und der kohlschwarzen Dunkelheit draußen, ich dachte, er könne genausogut zu Hause auf seinem eigenen Hof sitzen und in die Nacht hinausstarren, er schien uns nicht einmal zu registrieren.

Als er seine Zigarette geraucht und seinen Kaffee mit Schuß getrunken hatte, erhob er sich. Und als er seine Kanne in die Hand nahm und gehen wollte, sagte er, ohne uns anzusehen: «Irgendwas ist nicht so, wie es sein soll. Ist anders.» Er öffnete die Tür und ging hinaus. «Es liegt Unwetter in der Luft.»

Und dann war er verschwunden.

Unwetter in der Luft, dachte ich. Er hatte das auf eine Weise gesagt, die mich unsicher machte, ob er von Unwetter in übertragenem Sinn gesprochen haben könnte. Von Ärger. Schwierigkeiten. Vielleicht hatte er beides gemeint. Schlechtes Wetter *und* Ärger.

Eins steht fest: Wenn der Schwarzgebrannte «Unwetter» im normalen Sinn dieses Wortes gemeint hatte, dann sollte er recht behalten. Denn am Samstagmorgen weckte uns ein Wind, der das Haus schüttelte. Er kam in gewaltigen Stößen über den Svartvann gebraust, der jetzt ein einziger kochender Brei war. Wellen auf einem Waldsee! Unter einem Himmel, der dunkelgrau war und bleischwer aussah, warfen sich die Tannen unruhig hin und her. Als wir in der Küche ein Feuer gemacht hatten, drang der Wind in den Schornstein ein und füllte die Küche mit Rauch. Aber das war eigentlich nicht sehr gefährlich, wir brauchten die Tür nur für eine halbe Minute zu öffnen, dann war die Luft wieder rein.

Der Prof lachte nur. «Gerade das gefällt mir so an Touren in der freien Natur. Stell dir doch bloß diese Kräfte vor! Die ganze Butze bebt. Was glaubst du, wie dieses Wetter in einem Steinhaus in Torshov wirkt? Im Vergleich zu hier wie ein Furz.»

Ich wollte gerade sagen, daß ich im Grunde gegen ein paar Fürze in Torshov nichts einzuwenden hätte, während mich dieses Wetter doch ein bißchen ängstlich machte, aber ich hielt die Klappe, um mich nicht so durch und durch als Stadtmensch zu entlarven.

«Bei dem Wetter sieht es jedenfalls mies aus mit Fischen», sagte ich. «Die Superforelle hat erst mal noch ihre Ruhe.» Das sagte ich aber bloß, um meinem Image als Waldläufer nicht zu schaden.

«Ich hab doch gesagt, daß Jorun Lammbraten mitbringt», sagte der Prof. «Und ich habe zwölf Knoblauchzehen im Rucksack.»

Das hatte ich total vergessen. Daß die Frauen im Anmarsch waren. Ich hatte es verdrängt.

«Wann werden sie hier sein?»

«Gegen zwölf. Sie werden unten beim Hof sechsundneunzig abgesetzt, da, wo der Weg in den Wald führt. Unterhalb von der Stelle, wo wir gestern abend gesessen haben. Sie wußten nicht genau, wann sie hier antanzen würden, deshalb haben wir abgemacht, daß es keinen Sinn hat, sie da unten abzuholen.» Er warf einen Blick aus dem Fenster: Das Wetter draußen wurde immer unmöglicher. «Aber jetzt weiß ich nicht so recht.»

«Aber ich!» Ich war ganz hin und weg davon, wie energisch ich mich anhörte. «Und du weißt das auch, wenn du mal kurz überlegst. Wir müssen sie einfach abholen. Das ist doch kein normales Mistwetter. Und der Weg da unten beim Hang hat noch schlimmer als ekelhaft ausgesehen. Und sie müssen nach oben! Mit Gepäck!»

«Natürlich», sagte der Prof. «Natürlich, du hast recht.» Und er grinste listig.

Ich merkte, daß ich wütend wurde, denn jetzt ging mir auf, daß er mich dazu gebracht hatte, genau das zu sagen, was er hören wollte.

«Weißt du was, Peter?»

«Nein!» sagte ich sauer.

«Ich glaube, daß du Beate im Grunde *begehrst.* Im tiefsten Herzen, meine ich. Ich glaube, in deiner Phantasie ziehst du sie splitternackt aus und läufst mit ihr über grüne Wiesen. Ich wette, du wirst ihr anbieten, daß du ihr den Rucksack trägst.»

Ich warf den gelben Campingteller aus Plastik und traf ihn damit am Kinn.

Doch. Das Wetter war schlimm. Sturm im Wald. Die großen Tannen schwankten, es knackte und brach. Wir liefen über den Weg am aufgewühlten See und erreichten in Rekordzeit die Geröllhalde, wo wir gestern abend gesessen hatten.

Wir blieben nicht stehen. Es war zwanzig vor zwölf, und wir begannen mit dem Abstieg. Jetzt fing es auch noch an zu regnen, und der Weg war innerhalb von wenigen Minuten glitschig und gefährlich.

Aber von oben hatte es schlimmer ausgesehen, als es in Wirklichkeit war. Der Weg war zwar schmal, aber fest und sicher. Keine lockeren Kanten. Solange man sich Zeit ließ, bestand keinerlei Absturzgefahr. Jedenfalls nicht bei Tageslicht. Der Weg verlief im Zickzack, wir mußten sicher die vierfache Strecke der Luftlinie vom Gipfel nach unten zurücklegen. Und erreichten um Punkt zwölf den Kiesweg.

Kein Auto. Nichts. Nur der Wind, der durch den Wald jagte. Der Hof, auf dem die Schnapsschmuggler hausten, der Hof, den der Prof «Hof sechsundneunzig» getauft hatte, war von hier aus nicht zu sehen. Und auch die Stichstraße dorthin nicht. Also konnten auch sie uns nicht sehen. Wir hatten beschlossen, der ganzen Sache aus dem Weg zu gehen, und es war auch noch sehr die Frage, ob Herman und Schieli nach den

Ereignissen von Karis Gasthaus noch Wert darauf legen würden, uns zu sehen.

Um zwölf kam ein Auto aus Schweden. Es hielt an, und der Besitzer, ein älterer Typ, der eine Mischung aus Norwegisch und Schwedisch sprach, wollte wissen, ob wir eine Mitfahrgelegenheit brauchten. Wir bedankten uns für diesen schönen Vorschlag, lehnten aber ab.

Die Frauen tauchten erst um zwanzig vor eins auf, und inzwischen war ich ziemlich durchgefroren und mieserer Laune, als ich zugeben mochte. Nimm dich zusammen, dachte ich, als ich sah, wie der weinrote Volvo von Joruns Vater sich näherte. Sie haben uns nicht darum gebeten, sie abzuholen. Wir wollten das selber, es war sogar deine Idee!

Jorun sprang schon aus dem Auto, noch ehe es richtig zum Halten gekommen war, und fiel ihrem Liebsten um den Hals. «Hallo, Schnuffel! Toll, daß ihr uns doch abholen kommt!»

«Hast du an das Lamm gedacht?» grunzte er in ihre Haare.

«Keine Panik, Mann!» Sie lachte. «Scharfes Wetter übrigens.»

Ihr Vater stieg zusammen mit Beate aus dem Wagen. Beate musterte mich mit einem Blick, den ich nicht deuten konnte, aber ich lächelte und sagte sicherheitshalber «hallo». Sie erwiderte etwas, das der Wind mit sich nahm, noch ehe mich die Wörter erreicht hatten, und scharrte mit ihrem rechten Wanderstiefel im Kiesboden.

«Meine Güte, was für ein Scheißwetter!» sagte Joruns Vater. «Da werden einem ja die Haare vom

Kopf geweht!» Er begrüßte uns und lud die Rucksäkke aus dem Kofferraum.

«Tolles Lesewetter!» grinste der Prof.

«Ganz sicher, daß ich euch nicht raufbringen soll?» fragte der Vater. «Diese Rucksäcke wiegen doch ...»

«Aber nein!» sagten wir im Chor.

«Na gut.» Er boxte dem Prof leicht in den Bauch. «Und ich will keinen Quatsch – ist das klar? Der Großvaterrolle fühle ich mich noch nicht gewachsen!»

«Aber Papa!» sagte Jorun. «Bloß weil du mit sechzehn ein Schwein warst, brauchen doch nicht alle Jungen so zu sein, weißt du.»

Er zauste ihr die Haare und lächelte. «Doch», sagte er. «So sind sie alle.»

Dann verabschiedete er sich und verschwand in seiner roten Karre.

Wir machten uns sofort an den steilen Aufstieg, es regnete jetzt noch heftiger. Die Frauen wollten nichts davon hören, daß wir ihre Rucksäcke trugen. Die Zeiten seien vorbei, meinten sie, aber auf halber Höhe des steilen Hangs beschlossen wir, daß die Zeiten in Einzelfällen doch noch andauerten. Also wechselten wir ab. Beates Rucksack war bleischwer, nie im Leben hätte ich ihn allein den ganzen Weg tragen können. Also wurde die ganze Angelegenheit im Grunde so geschlechterneutral wie nur möglich.

Der Prof und Jorun redeten wild durcheinander. Beate und ich gingen ziemlich schweigsam hinter ihnen her. Ich protzte natürlich ein bißchen mit dem Fisch, den «wir» am Vorabend erwischt hatten, aber unser Gespräch kam einfach nicht so richtig in

Schwung. Beate gab nur einsilbige Antworten und warf mir Blicke zu, die nicht mehr nur bittend waren, sondern geradezu bohrend. Als ob sie sagen wollte: Hör auf mit dem blöden Gefasel. Vergiß Forellen und Wetter und sag, daß du mich liebst.

Aber das wollte ich nicht. Nein, Peter Pettersen wollte nicht. Allmählich grauste mir richtig vor diesem Essen.

Jetzt im nachhinein ist das ein komischer Gedanke. Ich sollte an diesem Abend wirklich andere Probleme bekommen als zartes Lammfleisch und Beates Blicke!

Als wir den See erreichten, wollten die Frauen am Ostufer entlanggehen, das war der kürzeste Weg zu ihrer Hütte. Wir beschlossen, daß der Prof und ich den Lammbraten an uns nehmen und in Sagrønningen schon einmal mit Kochen anfangen würden, während Jorun und Beate in ihrer Hütte Feuer machten und sich ein bißchen einrichteten. Später wollten sie dann herüberkommen.

Der Prof war in Spitzenform. Richtig aufgekratzt. Ich machte mit, so gut ich konnte, und beschloß, von nun an kein saures Gesicht mehr zu ziehen. Falls das möglich war. Der Prof war dermaßen verknallt in diese Frau, daß ich der totale Mistkerl hätte sein müssen, wenn ich versucht hätte, ihn zu mir und allen anderen auf den Boden der Tatsachen zu ziehen. Als wir den Hof erreichten, machten wir uns sofort ans Kochen. Der Prof kramte singend eine riesige Pfanne hervor und rieb den Braten mit Pfeffer und Salz ein. Ich schälte und zerteilte die Knoblauchzehen. Alsdann perforierte der Prof den Braten mit Messerstichen.

Ließ Knoblauch wie weiße Kugeln ins zarte Fleisch gleiten.

«Sind sie drüben im Haus angekommen?»

Ich preßte die Stirn an die Fensterscheibe. Langsam kam die Dämmerung. «Doch. Da drüben brennt Licht.»

«Hast du arge Muffen?»

«Ach was. Vergiß es.»

«Vielleicht übertreibst du ja, weißt du. Vielleicht bildest du dir das alles nur ein. Daß Beate sich für dich interessiert.» Vorsichtig schob er den Braten in den Herd, und ich wollte gerade eine blöde Bemerkung machen, als ein entsetzliches Motorengebrüll meine Stimme und sogar meine Gedanken übertönte. Es war das Flugzeug, dieses verdammte Flugzeug, und es hörte sich an, als ob es auf Sagrønningens Dach landen wollte. Für einen Moment war ich vor Angst vollständig gelähmt, und ich konnte dem Prof ansehen, daß es ihm nicht viel besser ging. Er stand wie erstarrt, sein Gesicht war aschgrau, seine Augen weit aufgerissen.

«Komm!» sagte eine Stimme, die ich nicht als meine erkannte, die aber trotzdem meine sein mußte, da der Prof bisher nicht den Mund aufbekommen hatte. Seine Lippen waren fest zusammengepreßt. Ich fuhr herum und lief nach draußen.

Und draußen bot sich mir ein komplett wahnwitziger Anblick. Das Flugzeug mußte unser Dach um Haaresbreite verfehlt haben, und jetzt wirbelte es im grauen Licht über dem Svartvann hin und her. Es schien vollständig außer Kontrolle geraten zu sein. Aus dem einen Motor quoll schwarzer Rauch.

«Herrgott!» Der Prof stand jetzt neben mir. «Das geht ...»

«Das geht total zum Teufel!» sagte ich. «Die stoßen mit dem Svartkollen zusammen!»

«Die Frauen!» sagte er mit dünner Stimme.

«Zu weit nördlich. Die Hütte wird vom Flugzeug nicht getroffen. Aber der Pilot ...»

Und dann passierte etwas, das ich nicht für möglich gehalten hätte. Der Pilot muß gewaltig am Steuerknüppel gerissen haben, das Flugzeug stieg schräg vor dem Hang unter dem Svartkollen auf, drehte einen Bogen und strich um Haaresbreite über den blanken Felsboden, auf dem das Steinzeichen stand.

«Ich glaube, ich habe Visionen», sagte der Prof. «Das war wirklich haarscharf.»

Und da knallte es. Ein kurzes, scharfes Dröhnen. Und eine kräftige Flamme loderte irgendwo hinter dem Berg im Wald auf. Das rot-orange Licht zeichnete scharf die Umrisse des Svartkollen vor dem Nachmittagshimmel ab, und ich stellte mir vor, einen riesigen, grauschwarzen Totenschädel zu sehen.

Suche

Wie es beim Prof und mir schon so oft der Fall gewesen war: zwei Schädel, ein Gedanke. Das heißt, ich glaube nicht, daß wir soviel dachten. Wir handelten instinktiv, dachten gewissermaßen mit dem Bauch. Und unser Bauch sagte, daß ein Mensch – oder vielleicht auch mehrere – im Wald hinter dem Svartkollen lag und wahrscheinlich schwer verletzt war. Wir hatten es gesehen. Wir mußten hin. Das hatte nichts mit «in irgendeinen Unfug verwickelt werden» zu tun. Das war die Pflicht, die Gott uns auferlegt hatte, als er beschloß, den Menschen eine Stufe über die Tiere zu setzen.

Wir rannten in den Flur, warfen uns Regenzeug über und stiegen in unsere Gummistiefel. Als wir angezogen waren und loslaufen wollten, hielt der Prof mich auf. «Warte!»

Auf dem anderen Seeufer, innerhalb des schwarzen Umrisses, den wir von der Hütte noch sehen konnten, sahen wir eine kräftige Laterne. Kurzes Aufleuchten, langes.

«Was zum …» setzte ich an.

«Pst! Halt die Klappe! Ich muß mich konzentrieren.»

Und nun begriff ich. Jorun oder Beate morsten zu uns herüber. Mir sagte das alles auch nicht mehr, als wenn sie auf der anderen Seite des Ufers gestanden und etwas auf persisch gebrüllt hätten, aber der Prof hatte natürlich den Durchblick.

«Was sagen sie?» Langsam wurde ich ungeduldig.

«Kommen. Katastrophe.» Immer wieder.

«Herrgott!» sagte ich. «Das hat uns nun drei Minuten aufgehalten.»

Ich lief am Ufer entlang.

Rasch kam jetzt die Dämmerung. Und das Wetter wurde immer nur noch ekelhafter. Es war ein Sturm. Aber wenn ich mich nicht sehr irrte, dann wurde der Sturm soeben zum Orkan. Von Minute zu Minute wurden die Windstöße härter. Ab und zu hörten wir im Wald einen Höllenlärm, und ich ging davon aus, daß hier Bäume umgeworfen wurden oder wie Streichhölzer zerbrachen. Vom See her wurden große Schaumflocken durch die Luft getragen. Zweige und allerlei Bruch kamen angejagt, und der Regen schlug uns wie Trommelstöcke ins Gesicht. Wir mußten unser Tempo beträchtlich drosseln, weil wir Gegenwind hatten und weil wir zu Boden sehen mußten, um unsere Augen zu schützen. Einige Windstöße waren jetzt so stark, daß wir fast in den See geweht worden wären. Ängstlich hielten wir uns dichter an den Wald, aber viel besser war das auch nicht, denn hier konnte uns jederzeit eine Tanne auf den Kopf fallen. Miteinander reden konnten wir nicht. Der Prof machte zweimal den Versuch, aber obwohl er mir voll ins Ohr schrie, wurde seine Stimme vom ganzen Tohuwabohu übertönt.

Aber wir schafften es. Schafften *was?* Wir erreichten die Hütte. Und die Hütte war nur der Ausgangspunkt für die wahnwitzige Expedition, die nun vor uns lag.

Wir hämmerten an die Tür. Sie wurde sofort geöffnet, aber Beate, die uns aufmachte, hatte die Windstärke falsch eingeschätzt. Der Wind riß ihr die Tür aus der Hand, und wir konnten gerade noch beiseite springen, ehe sie krachend die Wand traf. Der Prof und ich konnten sie nur mit vereinten Kräften wieder schließen.

Jorun stand mitten im Zimmer und weinte, Beate lief ruhelos hin und her, kreideweiß im Gesicht, und zitterte wie Espenlaub. Wir zitterten alle wie Espenlaub, auch der Prof und ich. Und das nicht, weil wir froren. Ganz im Gegenteil, uns war glühend heiß.

Ich ließ mich in einen Sessel fallen, während der Prof sich nicht einmal Zeit ließ, um Jorun zu trösten. «Na los!» keuchte er, während er sich mit einem riesigen Taschentuch das Gesicht trocknete. «Wir müssen sofort los. Man kann das Unglaublichste überleben. Wir müssen das Wrack finden.»

«Stimmt», sagte Beate und packte ihre Daunenjacke.

Jorun riß sich zusammen und wischte sich die Tränen ab. «Sollen wir nicht erst versuchen, Hilfe zu holen?»

«Nicht so, wie es jetzt aussieht», sagte ich und stand auf. «Das Flugzeug ist sicher schon vermißt gemeldet. Hilfe ist unterwegs. Aber wenn irgendwer den Absturz überlebt hat, dann kann es auf Minuten ankommen. Und wir sind die einzigen, die so ungefähr wissen, wo das Wrack liegt.»

Der Prof nickte. «Um Himmels willen, Leute, wir

müssen zusammenbleiben! Ganz eng zusammen. Wie viele Taschenlampen haben wir?» Er fischte seine eigene heraus, und ich begriff, daß er sie am See nicht eingeschaltet hatte, um Batterien zu sparen.

Wir hatten insgesamt drei Taschenlampen. Die von Peter Pettersen lag in Sagrønningen unten im Rucksack. Toller Auftakt für eine Dschungeltour.

So ein Wetter, wie wir es an diesem Karsamstag oben im Wald hatten, läßt sich nur schwer beschreiben. Es ist die Frage, ob es nicht ganz einfach unmöglich ist. Es übertraf alles, was ich mir je vorgestellt hatte. Ich meine, wenn man mit eigenen Augen sieht, wie eine Riesentanne wie ein Streichholz in der Mitte durchbricht, wenn man *sieht,* daß der halbe Baum, der sicher mehrere Zentner wiegt, durch die Luft gewirbelt wird und irgendwo in der Nacht verschwindet, dann ist einfach klar, daß hier die Hölle los ist. Oder, im Klartext: Das hier war lebensgefährlich. Wir klammerten uns aneinander und krochen eher, als daß wir gingen. Nach nur fünfzig Metern mußten wir den Weg verlassen, um den Svartkollen auf seiner Nordseite zu umrunden. Was gefährlicher war, der Weg oder der dichte Wald, weiß ich nicht, und ich will es auch nicht wissen – nie mehr werde ich in solchem Wetter aus dem Haus gehen. Aber Tatsache ist jedenfalls, daß hier zwischen den dicken Tannenstämmen *etwas* weniger Wind war. Der Lichtkegel der Taschenlampe des Profs, der vorne ging, tanzte hin und her. Ich glaube, er suchte einen Weg oder einen Trampelpfad, aber wir fanden nur Steine und Moos. Das Terrain war absolut unwegsam, es stieg an und fiel ab, mehrere Male mußten wir große Bögen um Geröllhalden und umgestürzte Bäume schlagen. Der Prof wollte in einem Bogen nach Nordosten gehen, um die Grenze zu erreichen. Er nahm an, daß der arme, verzweifelte Pilot auf den abgeholzten Streifen an der Grenze zugehalten hatte.

Es war jetzt ganz dunkel, obwohl es erst fünf Uhr nachmittags war. Wir waren seit fast einer Stunde unterwegs. Wenn wir uns nicht verirrt hatten – und ich zwang mich dazu, diesen Gedanken zu verdrängen –, dann mußten wir bald die Grenze erreicht haben.

Der Prof blieb stehen. Wir scharten uns um ihn. Drängten uns dicht aneinander und legten uns die Arme um die Schultern, so ungefähr wie amerikanische Footballspieler vor Kampfbeginn. Wenn wir nun unsere Köpfe in der Mitte zusammensteckten, konnten wir eine Art Gespräch führen.

«Bin ein bißchen unsicher», keuchte der Prof. «Wir können ja nicht über den Hügel gehen, deshalb haben wir diesen Weg genommen. Aber ich glaube, wir müssen doch etwas höher hinauf. Stärkerer Wind und weniger Wald, aber ich glaube, wir sind jetzt schon ein bißchen zu weit im Norden, oder was meint ihr?»

Niemand von uns hatte die Energie, etwas anderes zu meinen. Wir gingen weiter. Aufwärts und dann, Beates Kompaß zufolge, leicht nach Südosten.

Nach einer Viertelstunde hatten wir die Grenze erreicht. Wegen des dichten Waldes auf beiden Seiten jagte der Wind über den abgeholzten Streifen wie durch einen Tunnel. Es war nicht daran zu denken, sich hinauszuwagen. Im Licht der Taschenlampen konnten wir die seltsamsten Dinge durch die Luft flattern sehen. Große Baumstümpfe, Bäume und Steine.

Und noch etwas anderes. Etwas, was wie ein Gespenst in hohem Tempo aus der Dunkelheit auf uns zukam.

«RUNTER!» brüllte der Prof, und wir ließen uns zu Boden fallen.

Etwas machte «schwiiii» über unseren Köpfen, und dann fuhr es in den Stamm einer riesigen, umgestürzten Espe.

Wir rollten uns herum, und Jorun und Beate richteten ihre Taschenlampen auf den Baumstamm.

«Herr Jesus!» sagte Jorun. Sie war auf mir gelandet, und ihr Mund war weniger als zehn Zentimeter von meinem Ohr entfernt; deshalb konnte ich sie hören.

Der Prof kam angekrochen, er zitterte total unkontrolliert. «Ja, Pettersen. Das war ja fast eine Guillotine!»

Im Baumstamm steckte eine gelbe Metallplatte und vibrierte. Die Kollision hatte den Stamm zusammengestaucht, aber ich konnte sehen, daß sich die Platte zehn, fünfzehn Zentimeter tief ins Holz gebohrt hatte.

Das Flugzeug hatte uns gefunden.

Der Tod ist gelandet

Gleich darauf fanden wir den Rest. Nur hundert Meter weiter südlich. Es war entsetzlich. Es war verdammt entsetzlich. Der Pilot hatte offenbar versucht, den abgeholzten Streifen zu erreichen, wie der Prof angenommen hatte, aber eine Birke und einige Tannen hatten im Weg gestanden. Beim Zusammenstoß waren beide Tragflächen abgeschlagen worden, und der Flugzeugrumpf war natürlich zu Boden gestürzt. Jetzt konnte von einem Flugzeugrumpf überhaupt keine Rede mehr sein, nur von verdrehtem Metall. Von den Tragflächen sahen wir keine Spur, die waren wahrscheinlich vom Wind verweht worden oder lagen irgendwo im dichten Wald. Obwohl es beim Aufprall wahrscheinlich eine Explosion gegeben hatte, waren jetzt keine Flammen zu sehen. Auf dem dunklen Waldboden waren nur die hellen Teile des Flugzeugs zu erkennen. Der Wind kam voll auf uns zu, und der beißende Geruch von Flugbenzin quälte unsere Nasen.

Ich hatte nur einen Gedanken. Wir hatten nur einen Gedanken. Und der galt dem Piloten und eventuellen Fluggästen. Mir graute bei dem Gedanken an den Anblick, den ich jetzt wohl ertragen müßte. Ich hatte in meinem Leben noch keinen Toten gesehen, aber jetzt stand ich vor der Konfrontation. Und mir war klar, daß meine erste Begegnung mit dem Tod einen Tick schlimmer sein würde, als die meisten Menschen durchmachen müssen. Einen Toten in einem weißen Krankenhausbett zu sehen, war bestimmt etwas ganz anderes als das, was wir jetzt wohl gleich mit den Strahlen unserer Taschenlampen einfangen würden.

Wir fanden das Fahrwerk. Die eine Tür. Einen Teil des Motors. Die Rotoren. Wir wühlten wie im Tran herum, ganz planlos, ebenso planlos, wie Gott selber die Wrackteile durch die Gegend gestreut hatte.

Jorun fand ihn. Sie hatte sich vom Wrack entfernt und war zu den übel mitgenommenen Bäumen hinübergegangen. Dort richtete sie ihre Taschenlampe auf die Birken. Sie hat sicher einen Schrei ausgestoßen, davon gehe ich aus, aber wir anderen konnten das natürlich nicht hören. Aber wir konnten sehr deutlich sehen, was auch sie sah.

In vieler Hinsicht war es nicht so entsetzlich, wie ich befürchtet hatte. Er war zumindest ganz. Keine abgerissenen Beine oder Arme. Auch keine Verbrennungen, soviel wir sehen konnten. Sein rechtes Bein hing zwischen einem Ast und dem Stamm fest. Er pendelte im scharfen Wind hin und her, und sein Gesicht war dem Boden unter ihm zugekehrt. Aber er sah nichts mehr. Man brauchte kein Staatsexamen in Medizin, um zu sehen, daß er sich das Genick gebrochen hatte.

Ich weiß nicht so recht, was ich dabei empfand. Doch, irgendwie eine Art Ehrfurcht. Ich weiß nicht, was passiert, wenn man stirbt; das weiß niemand. Aber es kam mir irgendwie nicht richtig vor, daß er so zehn Meter hoch im Baum hing. Ich wollte ihn herunterholen und ihn vorsichtig ins Gras legen, aber ich wußte, daß das unmöglich war. Er war tot. Der Zug war abgefahren. Es hätte ihm auch nicht weiter geholfen, wenn er noch am Leben gewesen wäre und wir ihm bei dem Versuch, eine Art Ordnung in diesen Alptraum zu bringen, den Hals gebrochen hätten.

Jorun weinte. Der Prof weinte. Wir weinten allesamt. Noch nie in meinem Leben hatte ich mich so ohnmächtig gefühlt. Wenn das alles wenigstens in einer normalen Nacht passiert wäre! In einer normalen Nacht mit ganz normalem Dreckswetter! Aber so mußten wir uns die ganze Zeit in acht nehmen, uns vor losen Gegenständen hüten, die der Orkan mit sich führte. Es war lebensgefährlich, sich im abgeholzten Streifen aufzuhalten, und deshalb gingen wir zu Jorun und dem Toten an den Waldrand.

Und da hörten wir es! Ein klagendes Geheul, es mußte von einem Menschen oder einem Tier mit starken Schmerzen stammen. Schrecklich! Wir sahen einander aus großen Augen an.

Jetzt kommt's! dachte ich. Jetzt bist du dran! Der Anblick des Toten in der Birke war grotesk und unheimlich gewesen, aber es war ja klar, daß es noch viel Schlimmeres geben konnte. Einen Lebenden, zum Beispiel. Mit aufgeschlitztem Bauch, vielleicht schlimmen Verbrennungen. Was machte man in einem solchen Fall?

Aber wieder war die Wirklichkeit freundlicher als meine Phantasien. Wir gingen im Gänsemarsch in die Richtung, aus der unserer Einschätzung nach das Geheul gekommen war. Ob Pilot oder Fluggast hinausgeschleudert worden waren, als das Cockpit beim Zusammenstoß mit den Bäumen zerschellte? Es sah so aus. Ich glaubte kaum, daß es sich bei dem Menschen, der irgendwo hier lag und heulte, um einen zufälligen Wilderer handelte, der vom Unwetter überrascht worden war.

Er lag auf dem Rücken, teilweise über einem umgestürzten Baum. Ich sah sofort, daß seine Lage gelinde gesagt unnatürlich war; er lag so da, wie der Zufall ihn hingeworfen hatte, und ich hatte scheußliche Angst, er könnte sich das Rückgrat gebrochen haben. Er war bei Bewußtsein, er sah uns an, konnte seinen Blick aber nicht fixieren. Und er schrie! Laut und verzweifelt, wie ein gefolterter Gefangener. Sein Gesicht war blutüberströmt, wahrscheinlich hatte er sich bei der Kollision verletzt oder war auf dem Weg nach unten mit Zweigen und Ästen in Berührung gekommen, aber soviel wir sehen konnten, lagen keine ernsthaften Blutungen vor. Wie er innerlich aussah, konnten wir ja nicht wissen.

«Keine Panik!» sagte Jorun. Sie ging in die Hocke und sah ihm in die Augen. Versuchte, seinen Blick zu fangen.

«Faß ihn nicht an!» warnte Beate. «Um Himmels willen, faß ihn nicht an!»

«Können wir ihn nicht wenigstens ein bißchen bequemer hinlegen?» fragte der Prof.

«Nein. Das sicherste ist, ihn liegen zu lassen, bis ein Arzt kommt. Wenn er innere Verletzungen hat, und davon können wir ausgehen, machen wir sonst alles nur noch schlimmer.»

«Hörst du mich?» Jorun berührte vorsichtig die Wange des Mannes.

Er hörte auf zu schreien. Er schien sich zusammenzureißen, versuchte, seinen Blick zu fixieren, schaffte es aber nicht.

«Wart ihr nur zu zweit?» fragte der Prof.

Der Mann versuchte zu reden, aber aus seinem Mund kam nur Blut.

«Jetzt laß ihn doch in Ruhe!» sagte ich.

«Ja», sagte der Mann. «Zwei.»

Dann verlor er das Bewußtsein.

Wir hielten Kriegsrat. Und zwar mit ziemlich viel Geschrei. Wir mußten schreien und rufen, um einander überhaupt hören zu können. Aber das fiel mir auch leicht, das kann ich für mich und für die anderen gern zugeben. Unsere Nerven standen kopf, und es half, sich so gehenzulassen.

Die Diskussion war nur kurz. Im Grunde gab es hier ja nicht viel zu diskutieren. Irgendwer mußte hierbleiben. Irgendwer mußte Hilfe holen.

Wir beschlossen, daß Jorun und ich zur Hütte zurückgehen sollten, während der Prof und Beate bei dem Verunglückten Wache hielten. Jorun wollte sich alle Mühe geben, das Feuer im Ofen am Brennen zu halten und Wasser und Kaffee heiß zu machen, denn wir gingen davon aus, daß die Hütte als Basis benutzt werden würde. Ob die Hilfsmannschaften den Verletzten lieber in die Hütte oder gleich zurück in die Zivilisation bringen würden, konnten wir ja nicht wissen, aber wir konnten uns jedenfalls gut vorbereiten.

Wenn wir die Hütte erreicht hatten, sollte ich Joruns Taschenlampe übernehmen und mich allein auf dem Weg zum Hof sechsundneunzig begeben, wo es vermutlich ein Telefon gab.

Ich kann nicht behaupten, daß ich mich sehr darauf gefreut hätte.

Die Waldfee hat schwarze Augen

In der Hütte mußte ich erst eine Verschnaufpause einlegen. Ich war ganz einfach erschöpft; wenn ich den steilen Hang hinunter schaffen sollte, bis zum Hof an der Grenze, brauchte ich zehn Minuten und eine Cola.

Ich ließ mich mit der Flasche in der Hand in einen Sessel fallen, während Jorun sich die Regenjacke vom Leib riß und im Kamin Feuer machte, im Küchenherd Holz nachlegte und den Tisch abräumte – alles auf einmal. Und die ganze Zeit über redeten wir ununterbrochen. Jetzt, wo wir einander hören konnten, entstand bei uns beiden ein gewaltiges Kommunikationsbedürfnis. Wir mußten über die Situation reden, in der wir uns befanden, wir mußten unsere Gefühle, die uns zu zerreißen drohten, in Worte kleiden; wir benahmen uns genauso, wie wir uns benehmen sollten, wenn das, was ich in der Zeitung gelesen hatte, stimmte – und das war sicher der Fall. Der psychiatrische Notdienst war vorerst unerreichbar, wir mußten uns gegenseitig helfen.

«Herrgott», sagte Jorun und versuchte, das feuchte Holz zum Brennen zu bringen. «Als ich ihn da oben im Baum am Bein hängen sah, dachte ich, das wäre ein Traum, alles nur ein irrsinniger Alptraum, und ich würde aufwachen, wenn ich nur laut genug heulte, aber ich schaffte es nicht laut genug, wurde nicht wach, kapierte ... nein, ich weiß auch nicht, was ich kapiert habe. Vielleicht, daß die Wirklichkeit viel schrecklicher sein kann, als unser Unterbewußtsein sich das vorstellt. Glaubst du an Gott, Peter? Daran, daß dieser arme Kerl jetzt in einer anderen Welt ist?»

Und ich antwortete mit einer ähnlichen Tirade. Wir redeten schnell, stolperten über unsere Wörter, sprangen von einem zum anderen. Am Ende trank ich den letzten Schluck Cola und stand auf.

«Ich muß los», sagte ich.

Sie reichte mir die Taschenlampe. Und ehe ich noch piep sagen konnte, hing die Liebste des Prof mir am Hals. Sie weinte und bat mich, ganz verdammt vorsichtig zu sein.

Das versprach ich. Aber als ich in die schwarze Nacht hinausging, kam ich mir so einsam und verlassen vor wie noch nie in meinem Leben. Niemals würde ich irgendeinen Hof erreichen. Niemals würde es hell werden, niemals aufhören zu regnen und zu stürmen. Ich war ein Verdammter, das hier war die Hölle, und die Hölle höret nimmer auf.

Ich erreichte den Svartvann und ging am Ufer entlang. Das Unglaubliche war geschehen: Es kam kein Wasser mehr vom Himmel, und der Wind hatte etwas nachgelassen. Das bedeutete nun durchaus nicht, daß jetzt gutes Wetter gewesen wäre, aber immerhin war jetzt die Aussicht kleiner, daß ich von einem Baumstamm am Hinterkopf getroffen werden könnte.

Trotzdem hatte ich Angst. Angst um mein Leben. Der Marsch zuvor war schlimmer gewesen als dieser hier, aber ich war mit drei anderen zusammen gewesen. Jetzt war ich allein. Ich habe wohl nicht mehr oder weniger Angst vor dem Dunkeln als die meisten anderen, aber das, was ich erlebt hatte, der Tote im Baum und alles andere Schreckliche, machte mich ganz einfach total fertig. Ich fing an zu singen. Genau wie als kleiner Junge, wenn Mutter mich mit der Mülltüte in den finsteren Hinterhof geschickt hatte. Und ich sang weder Pop noch Rock, sondern «Ein' feste Burg ist unser Gott». Ich konnte nur die erste Strophe, aber die sang ich wieder und wieder. Jetzt kann ich darüber lachen, aber es ist schon so, daß dieses Kirchenlied meinen Nerven half, als ich am See entlangging und es aus voller Kehle *brüllte.*

Aber als ich den Weg erreichte, der den Steilhang hinaufführte, hielt ich wieder die Klappe. Das viele Wasser hatte den Waldboden aufgelöst, überall flossen Schlammbäche, ich mußte mich hundertprozentig konzentrieren, um nicht auf die Nase zu fallen. Zum Glück hatte ich die Taschenlampe. Ohne sie wäre das Ganze der pure Selbstmord gewesen.

Ich kämpfte mich nach oben. Meter für Meter. Einen Schritt. Dann noch einen. Langsam. Aber besser, als wieder runterzurutschen. Der Mann, der schwerverletzt dort oben im Busch lag, konnte sich nur auf mich, Peter Pettersen, verlassen. Nur ich konnte in dieser Nacht diese wichtige Nachricht weiterleiten. Was würden die Leute auf dem Hof wohl sagen? In diesem Moment hatte ich keine besonderen Muffen vor der

Begegnung mit Herman und Schieli. Mistkerle und Schreihälse, na gut. Schnapsschmuggler – von mir aus. Ich wußte, daß sich bei Katastrophen die meisten Leute anständig benehmen. Wenn etwas Schreckliches geschieht, verbindet das die Menschen. Sie würden mich ihr Telefon benutzen lassen, falls sie eins hatten, und sie würden mir höchstwahrscheinlich auch eine Tasse Kaffee anbieten. Wenn sie kein Telefon hatten, dann hatten sie jedenfalls ein Auto. Einer von ihnen würde bestimmt Hilfe holen.

Der Weg wurde nach und nach zum reinen Bach. Sand und Kies umstoben mich, einmal rutschte ich aus und ging in die Knie, Wasser füllte den einen meiner Stiefel.

Weiter. Immer weiter. Nichts spielt jetzt eine Rolle. Nur, daß du ankommst. Nur, daß du Bescheid sagst.

Plötzlich sah ich am Rande des Lichtkegels vor mir eine Bewegung. Einen schwarzen Schatten, der sich eilig in die Dunkelheit zurückzog. Ich weiß nicht, warum, aber ich knipste die Taschenlampe aus und blieb ganz still stehen. Ein Tier? Ein Mensch? Der Verfolgungswahn stach mich wie ein Messer in den Bauch. Ich horchte, hörte aber nur das übliche Lärmen des Windes, der durch Baumwipfel und Unterholz jagte.

«Ist da jemand? Sind hier Leute?»

Meine Stimme klang angespannt und fremd.

Wieder schaltete ich die Lampe ein. Spürte, wie ich zitterte, ließ den Lichtstrahl aber rasch links von mir einen Bogen beschreiben.

Und da sah ich sie. Die Waldfee. Sie drückte sich neben dem Weg an einen Baumstamm. Und sie war nicht blond und schön, wie die Feen in unseren Märchen. Sie hatte hellbraune Haut und lange rabenschwarze Haare, die schwer und naß über ihre Stirn und ihre Wangen fielen. Ihre weitaufgerissenen Augen waren kohlschwarz.

Ich schrie auf.

Sie schrie auf.

Und ich pißte mir zum erstenmal seit vielen Jahren in die Hose.

Volle Verwirrung, leeres Haus

Jetzt ganz ruhig, Pettersen! Die Waldfee schreit nicht. Sie spricht nicht einmal. Das hier ist ein Mensch aus Fleisch und Blut. Wie du. Und genauso verängstigt wie du.

Ich leuchtete sie wieder an. Sie war verschwunden. Hatte ich … war das Ganze bloß eine Hallu?

Nein. Jetzt hatte ich sie wieder im Lichtkegel; sie war weiter nach links zurückgewichen, hatte versucht, sich im Unterholz zu verstecken. Hoffnungslos, natürlich, denn dort gab es noch keine Blätter. Ich leuchtete sie nicht direkt an, als ich näher an sie herantrat.

«Hab keine Angst», sagte ich. «Ich tu dir doch nichts. Ich heiße Peter. Was machst du hier in der Hölle?»

Eigentlich eine gute Frage. Denn jetzt war ich ihr so nahe gekommen, daß ich ihre Kleider sehen konnte. Eine Art weite Hose und eine dünne Bluse. Flache Schuhe. Das war doch der reine Wahnsinn, sie mußte sich doch den Hintern abfrieren! Ich schätzte sie auf mein Alter und nahm an, daß sie oder jedenfalls ihre Vorfahren aus Indien oder Pakistan oder irgendwo da gekommen waren. Auf jeden Fall aus dem Osten. Und obwohl sie aussah wie frisch der Wäscheschleuder entronnen, war sie ganz einfach wunderschön.

Ich plapperte drauflos. Fragte sie, warum sie nicht wärmer angezogen war, wiederholte vierzehnmal, daß ich ihr nichts tun wollte, sagte, es sei ein Unglück passiert ...

Plötzlich ging mir auf, daß sie kein Wort verstanden hatte. Sie wirkte immer noch genauso verängstigt. Und ebenso plötzlich, wie ich gerafft hatte, daß sie keinen Mucks von meinem Norwegisch verstand, legte sie in einer Sprache los, von der ich keinen Schimmer hatte. Urdu? Persisch? Keine Ahnung.

Ich hob die Hände und versuchte zu lächeln.

Sie versuchte, mein Lächeln zu erwidern.

Ich versuchte, meinen Spruch noch einmal auf englisch aufzusagen.

«Angst», antwortete sie auf Englisch. «Ich habe Angst.»

«Vor mir?»

Sie machte eine Kopfbewegung, die ich nicht deuten konnte.

Ich riß mir die Regenjacke vom Leib und legte sie ihr um die Schultern. «Zieh das an. Das schützt dich wenigstens vor dem Wind.»

Das machte sie auch. Ich erklärte ihr noch einmal, daß ein Unglück passiert war und daß ich Hilfe holen mußte. Ich versuchte, sie mitzuzerren, aber nun widersetzte sie sich aus aller Kraft.

«Nein!» sagte sie. «Gefährlich!»

«Die da unten?» Ich zeigte auf den Hof.

Sie nickte eifrig. «Du darfst da nicht hin.»

Aber genau das mußte ich doch. Ihr Englisch war noch schlechter als meins – um es höflich auszudrükken. Ich versuchte immer wieder, ihr zu erklären, daß ein Flugzeug abgestürzt war und daß ich ein Telefon brauchte. Aber das begriff sie nicht. Nach vielem Hin und Her konnte ich sie immerhin überreden, hier zu bleiben, genau hier, und sich bis zu meiner Rückkehr nicht von der Stelle zu rühren.

«Halbe Stunde», sagte ich und zeigte auf meine Uhr. «Ich bin in einer halben Stunde wieder da. Verstehst du?»

Sie nickte eifrig und sah sich ängstlich in der Dunkelheit um.

Ich will nicht einmal versuchen, den Wirrwarr zu beschreiben, der in meinem Kopf herumtobte, als ich nun zum Kiesweg hinunter ging, fiel und kroch. Peter Pettersen und Prof Erlandsen auf Osterausflug. Natürlich gibt's einen Orkan. Natürlich kriegen sie fast ein Flugzeug auf den Kopf. Und als der total verängstigte Peter Pettersen durch den pechschwarzen Wald läuft, um bei zwei Schnapsschmugglern zu telefonieren, trifft er mitten im tiefsten Wald eine indische Prinzessin. Spitze! Es war nicht zu glauben. Egal, wie unschuldig unser Ausgangspunkt auch war: Wenn der Prof und ich zusammen loszogen, saßen wir schon nach wenigen Stunden in der Tinte. Wir zogen Ärger und Scherereien an wie ein Magnet die Eisenspäne. Was zum Henker war bloß los mit uns? Und lag das denn überhaupt an uns?

Aber jetzt war keine Zeit, um weiter darüber nachzudenken. Ich hatte den Kiesweg erreicht. Rennen konnte ich nicht, ging aber, so schnell ich konnte. Fand die Stichstraße und war nach zehn Minuten am Hof.

Der lag vollständig dunkel da. Nicht einmal über der Tür brannte ein Licht. Natürlich, dachte ich. Daß der Strom ausfällt, wenn ein Orkan wütet, ist trotz allem ziemlich normal. Aber was ist mit dem Telefon?

Spielt keine große Rolle. Diese Leute haben ein Auto. Wenn sie erst zum nächsten Dorf fahren müssen, hält das zwar den Betrieb auf, aber trotzdem wird Hilfe alarmiert.

Aber irgendwas hier stimmte trotzdem nicht. Denn auch wenn es keinen Strom mehr gab, war es doch nicht so wahrscheinlich, daß die Hofbewohner in totaler Finsternis dasaßen. Man machte dann doch wenigstens ein paar Kerzen an? Ob sie schon ins Bett gegangen waren? Nix da! Es war erst Viertel vor zehn. Und in einer Nacht wie dieser ging niemand ins Bett. Es war eine Nacht, in der man bei vollem Bewußtsein bleibt. In der man wacht und betet, um das mal so zu sagen.

Ich klopfte an die Tür. *Hämmerte* an die Tür. Polterte mit zwei Fäusten los. Aber null Reaktion. Ich faßte nach der Klinke. Die Tür war abgeschlossen. Ich verspürte jetzt ein ziemlich ekelhaftes Gefühl im Zwerchfell. Machte auf dem Absatz kehrt und lief zur Scheune hinüber. Auch die war abgeschlossen, aber ich leuchtete mit der Taschenlampe durch die fingerbreiten Spalten in der Tür. Null Toyota. Null LKW. Und da fiel mir der Hund ein. Diese Rasse war schließlich dafür bekannt, daß sie wirklich nie die Klappe hielt. Aber hier war außer dem ewigen pfeifenden Wind nichts zu hören. Ich war ganz einfach allein auf Hof sechsundneunzig.

Es gehört sich nicht, in andrerleuts Häuser einzubrechen. Außerdem ist es verboten. Aber ich wußte, daß es auch irgendeinen Paragraphen gab, der das erlaubte, wenn man in Notwehr oder so handelte. Es ist zum Beispiel nicht verboten, eine Hütte aufzubrechen, wenn man sich verirrt hat und kurz vor dem Erfrieren steht. Und wenn das hier keine Notlage war, dann wußte ich wirklich nicht, was sonst.

Ich ging zum Wohnhaus zurück und leuchtete durch ein Fenster. Küche. Tisch, drei Hocker, Wandschrank, Herd. Ich ging zur Haustür zurück und holte den Besen. Verpaßte der Fensterscheibe einen Schlag, daß das Glas nur so klirrte. Öffnete vorsichtig den Griff, stieg ins Haus.

Das Telefon stand auf einem Tisch im Flur. Ein altes, schwarzes Teil mit Drehscheibe: Museumsgegenstand. Aber es funktionierte! Der Summton erklang in meinen Ohren wie die schönste Musik. Auf dem Tisch stand eine Kerze in einem Kerzenhalter aus Keramik. Ich zündete sie mit einem Streichholz aus einer Schachtel an, die irgendwem auf den Boden gefallen war. Dann schaltete ich die Taschenlampe aus. Lieber Batterien sparen! Wenn die Lampe versagte, würde ich den Hang nicht schaffen.

Ich konnte nirgendwo ein Telefonbuch sehen. Und natürlich wußte ich die Nummer des Dorfsheriffs nicht. Aber ich hatte die Nummer des Polizeireviers von Grønland in Oslo im Kopf, und ich ging davon aus, daß ich genausogut dort anrufen konnte.

Das stimmte auch. Die Frau, die abnahm, wußte genau, von welchem Flugzeug ich redete – und ich hatte den Eindruck, daß das auch bei Norwegens übriger Bevölkerung der Fall war.

«Wo bist du jetzt? Ganz genau?»

Das wußte ich aber nicht. Um Zeit zu sparen und um sicherzugehen, daß alles stimmte, bat ich sie, den Vater des Prof anzurufen. Der könnte die korrekten Ortsbezeichnungen hier oben sagen, er hatte die Karte im Kopf.

«Und ihr habt das Wrack gefunden?»

«Ja. Und die beiden, die im Flugzeug waren. Der Pilot ist tot.» Ich erwähnte nicht, daß er am rechten Bein von einer Birke hing.

«Und der andere?»

«Verletzt. Vielleicht schwer. Er war nicht bei Bewußtsein, als ich vor etwas über einer Stunde dort losgegangen bin.»

Ich erklärte ihr, daß in der Hütte beim Svartvann Licht brannte und daß Jorun dort wartete. Sie wußte nicht, ob die Polizei einen Hubschrauber oder Autos schicken würde, aber sie versprach, daß wir schon bald Kontakt zu den Hilfsmannschaften haben würden. Es war schon voller Alarm ausgelöst worden, als das Flugzeug vom Radarschirm verschwunden war, und es waren schon Leute im Wald und auf den Straßen hier in der Gegend unterwegs, aber soviel sie wußte, befanden sie sich etwas weiter südlich von uns und dem Flugzeug.

Und mehr wurde nicht gesagt. Sie hatte es eilig.

Und ich auch.

Das schwarze Schaf

Sie saß genau an der Stelle, an der ich sie verlassen hatte. Und sie sah noch genauso verängstigt aus. Aber als sie sah, daß ich es war, entspannte sie sich zumindest ein *bißchen.*

«Komm!» sagte ich und streckte die Hand aus.

Sie nahm sie und erhob sich. Ich sah, daß sie ganz steif war. Gehen würde da helfen.

Aber wohin? Nach Sagrønningen. Hier konnte irgendwas nicht stimmen, sonst wäre ich nicht so über sie gestolpert. Und deshalb wollte ich sie nicht in eine Hütte bringen, in der es bald von Suchmannschaften und Polizei nur so wimmeln würde.

Wer war sie? Und was hatte sie mit diesen beiden Gaunern und Schnapsschmugglern zu tun? Woher kam sie? Wie hieß sie? Und was hatte sie hier mitten im schwarzen Wald zu suchen?

Fragen, Fragen, Fragen. Ich würde auf die Antworten warten müssen, bis wir auf dem alten Hof in Sicherheit wären.

Plötzlich, ohne Vorwarnung, verlor ich den Boden unter den Füßen. Im einen Moment stand ich sicher da, im nächsten riß ich die Frau mit und rutschte durch eine Mischung von Kies und Wasser nach unten. Herrgott, dachte ich, nicht über die Kante! Ich wußte noch genau, wie dieser Weg bei Tageslicht aussah. Die Baumwipfel unter uns am Hang befanden sich auf der Höhe unserer Knie. Ich kämpfte verzweifelt gegen die glitschige Unterlage und achtete gleichzeitig darauf, daß ich meine Waldfee ja nicht losließ. Sie blieb ganz stumm, aber ich fürchte leider, daß ich geschrien habe wie ein gestochenes Schwein. Mein rechtes Bein zappelte jetzt in der losen Luft, und mit dem linken kämpfte ich verzweifelt um festen Boden.

Und da traf uns der Lichtstrahl einer kräftigen Taschenlampe, und ich spürte einen eisernen Griff um meinen Oberarm.

Und mit einem einzigen gewaltigen Ruck wurden ich und die Frau in Sicherheit gebracht.

Es war der Schwarzgebrannte. Seine schwarzen Augen glühten seltsam im gelben Licht seiner Lampe. Er stand einfach ganz still da und starrte die Fremde an.

Ich babbelte eine Menge über das abgestürzte Flugzeug und daß ich die Polizei verständigt hatte, aber als Antwort grunzte er nur. Ich weiß nicht richtig, warum, aber ich hatte das Gefühl, daß er dasselbe gesehen hatte wie wir und daß er aus demselben Grund wie ich zum Hof unterwegs gewesen war.

Noch immer schweigend hob er die Frau hoch und machte sich auf den Weg zum Hügelkamm. Ich trottete hinterher und kam mir ein bißchen blöd vor.

Oben angekommen, wollte er sie durchaus nicht absetzen. Er marschierte weiter in Richtung Sagrønningen, wie ein Schwarzbär auf dem Heimweg zu den Jungen in seiner Höhle. Oder vielleicht eher wie ein

Troll, der die Prinzessin geraubt hat und sie jetzt in sein Versteck trägt. Der ganze Mann, diese seltsame Erscheinung, strahlte eine Verzweiflung aus, einen Schmerz. Aber trotzdem erlebte ich diese Situation nicht als bedrohlich, als ich mich nun mühte, mit ihm Schritt zu halten. Und wenn ich ab und zu Blickkontakt mit meiner Prinzessin bekam, ging mir auf, daß auch sie keine Angst hatte. Jedenfalls nicht mehr als ohnehin schon. Ich überlegte mir, daß hier etwas Seltsames ablief und daß ich keine Möglichkeit hatte, davon auch nur das geringste zu verstehen.

Am Waldrand vor Sagrønningen setzte er sie vorsichtig ab. Ich wollte mich für die Hilfe bedanken, aber in letzter Sekunde ging mir auf, daß Worte hier einfach fehl am Platz waren. Denn der Schwarzgebrannte stand ganz still da und starrte sie aus seinen seltsamen Augen an, wie ... ich kann das nicht erklären, aber wieder mußte ich an ein Tier denken. Diesmal an eine Katze. An den unergründlichen, merkwürdigen Blick einer Katze, denn den hatte er jetzt. Intensiv – und gleichzeitig ganz weit weg. Nach vielleicht einer Minute schien er aus einer Art Trance zu erwachen. Er schüttelte den Kopf – und glitt lautlos in den Wald zurück.

Als wir das Haus erreichten, bemerkte ich den Geruch schon auf der Treppe. Den Geruch von verbranntem Knoblauchlamm. Den Braten hatten wir im ganzen Chaos natürlich vergessen. Kein Wunder übrigens. Wenn einem fast ein Flugzeug auf die Birne fällt, überspringt man in Gedanken leicht das Essen.

Wir gingen ins Haus, und während sie tropfend auf

dem Küchenboden stand, lief ich zum Herd. Wickelte ein Handtuch um jede Hand, packte den Topf mit dem schwarzgebrannten Braten, lief damit zur Tür und kippte den ganzen Segen in die Nacht hinaus. Sie blickte mich aus großen Augen an und fragte sich vielleicht, was wir in diesem Land für Essensgewohnheiten haben mochten.

«In der Osternacht füttern wir hier oben immer die Füchse», sagte ich in einem Versuch, witzig zu sein. Aber natürlich lachte sie nicht. Ich glaube, sie hatte mich nicht einmal verstanden. Ich machte im Ofen ein Feuer und legte zwei solide Holzscheiter ein. Dann ging ich ins Schlafzimmer und fischte eine trockene Jeans aus meinem Rucksack. Ein Reservehemd hatte ich nicht, aber im Rucksack des Prof fand ich eins. Beides war natürlich vierzehn Nummern zu groß für dieses Händchenvoll von einer indischen Prinzessin, aber da konnte ich nichts machen. Ich fand auch Wollsocken.

Und eine lange Unterhose vom Prof. Sah nach, ob sie auch sauber war, und trug dann den ganzen Stapel zu ihr in die Küche. Aber als ich andeutete, daß sie ihre nassen Lumpen durch etwas Trockenes ersetzen sollte, schüttelte sie energisch den Kopf. Peter Pettersen. Der große Psychologe! Ich trug die Kleider ins Wohnzimmer und zeigte ihr, wie sie die Tür abschließen konnte. Dann kniff ich die Augen fest zu. Als ich sie wieder aufmachte, sah ich auf ihren Lippen den Schatten eines Lächelns. Es funkelte weiß hinter zwei rosa Lippen. Ich kann mich nicht gut ausdrücken, wenn es um Verliebtheit und so geht, aber was ich jetzt im

Zwerchfell spürte, als ich sie vor mir stehen und mich anlächeln sah, verriet mir doch einiges darüber, daß Petersen junior bis über beide Ohren verliebt war. Geht das wirklich so schnell? Können wir uns in einen Menschen verlieben, den wir erst vor einer Stunde kennengelernt haben, dessen Namen wir noch nicht einmal wissen? Ja, das können wir.

Sie glitt an mir vorbei ins Wohnzimmer und schloß hinter sich die Tür, und ich holte im Knoblauchgestank tief Luft. Fünf Minuten später erschien sie in meiner Hose und im Hemd des Prof. Sie trat dicht an den Ofen heran und blickte verwundert an sich hinunter – und dann mich an. Diesmal konnten wir zusammen lachen.

«Essen», sagte ich. «Du hast sicher Hunger?»

«Yes. Hungry.»

Als wir beim Essen saßen, erfuhr ich ihre Geschichte, oder wenigstens Teile davon. Was sie erzählte, war so unglaublich, daß es einfach wahr sein mußte. Sie sprach vorsichtig und zögernd, und ihr Englisch war erbärmlich, aber langsam fügte sich vor meinem inneren Auge ein ziemlich übles Bild zusammen.

Das Stichwort beim Ganzen war: Menschenschmuggel. Sie hieß Ashu und kam aus Sri Lanka. Einem Land mit viel Ärger und Unruhen. Ihre Eltern wollten sie und ihren Bruder in Sicherheit bringen, sie in ein Land schicken, wo sie die Chance auf eine Ausbildung hatten und in Frieden leben konnten. Durch Bekannte hatte der Vater einen Agenten getroffen, der in dieser Branche tätig war. Für einen Haufen Geld war der bereit gewesen, Ashu und ihren Bruder in ein skandinavisches Land zu bringen. Dafür zu sorgen, daß andere Tamilen sich um sie kümmerten, und ihnen die nötigen Papiere zu besorgen. Allen war klar, daß sie illegal nach Norwegen einreisen würden, aber der Agent hatte ihnen versichert, daß alles in Ordnung sein würde, wenn sie erst einmal Schweden, Norwegen oder Dänemark erreicht hätten. Dort könnten sie Asyl beantragen, und ihr Antrag würde mit großer Sicherheit bewilligt werden, solange in Sri Lanka Krieg war.

Ihre Gruppe hatte aus sechs Menschen bestanden. Der Agent, der sie auf der ganzen Reise begleitete, hatte ihre Pässe. Das heißt, das waren gar nicht ihre. Sie hatten alle sogenannte «Fremdenpässe», Pässe von Tamilen in Norwegen, die bereits Aufenthaltsgenehmigung hatten, aber keine norwegische Staatsbürgerschaft. Der Agent behauptete, sie geliehen oder vielleicht gemietet zu haben – nach der Ankunft in Skandinavien mußten sie zurückgegeben werden. Er hatte Erfahrung. Er wußte, daß Asiaten für Europäer ziemlich gleich aussehen, wenn nur Alter und Geschlecht stimmen.

Ich wußte nicht sehr viel darüber. Aber ich hatte in der Zeitung über solche Fälle gelesen. Ich hatte so meine Ahnung, daß irgendwer, vermutlich dieser Agent, die anderen ganz schön geleimt hatte. Jedenfalls hatte ich den blöden Verdacht, daß es sehr viel schwieriger sein würde, in Norwegen eine Aufenthaltsgenehmigung zu bekommen, als er Ashu und ihren Eltern erzählt hatte!

«Erzähl von der Reise! Wieso bist du gerade hier gelandet? Wir sind hier mitten in der Einöde, das ist dir doch sicher klar?»

Sie nickte. «Flugzeug von Sri Lanka. Über Indien und Nepal. Nach Frankf ...»

«Frankfurt?»

«Ja.»

«Und dann?»

«Auto. Nach Hamburg. Lange warten in Hamburg. Über eine Woche. Dann wieder Auto. Jetzt großes Auto.»

Es war alles schrecklich schwierig, und ich mußte mir einiges dazudenken, aber es war klar, daß der Agent ihnen in Hamburg gesagt hatte, daß es jetzt nach Norwegen ginge. Und daß er lieber nicht das Risiko eingehen wollte, die geliehenen Pässe an einer skandinavischen Grenze vorzuzeigen. In Deutschland war das kein Problem gewesen, da alle auf der Durchreise waren und ein norwegisches Visum hatten. An den Grenzen weiter im Norden würde möglicherweise strenger kontrolliert werden.

Sie erzählte, daß sie in zwei PKWs zur dänischen Grenze gebracht worden waren, die sie dann mitten in der Nacht zu Fuß überquert hatten. Auf der dänischen Seite waren sie von Bekannten des Agenten in Empfang genommen und nach Kopenhagen gebracht worden, wo sie einige Tage in Deckung gegangen waren. Und in Kopenhagen war dann der LKW ins Bild gekommen. Ganz hinten im LKW war eine falsche Wand eingezogen worden, und dahinter war ein Versteck entstanden, etwa anderthalb Meter breit. Und in diesem

Versteck, hinter einer Ladung Möbel, hatten dann sechs Menschen gesessen – von Kopenhagen bis nach Schweden und dann weiter bis hierher! Keine frische Luft auf dem langen Weg, sie hatten sich nie die Beine vertreten dürfen. Erst gestern abend, als sie in der Scheune auf norwegischer Seite angekommen waren.

«Da konnten wir schlafen. Auf dem Hof. Wir hatten ein Zimmer. Wir sollten ... heute Oslo.»

«Alles klar», sagte ich. «Aber was ist dann passiert? Ich meine, hier ist einwandfrei nicht Oslo. Sollten die beiden Norweger euch nach Oslo bringen?»

«Ja, die wollten mitkommen. Sollten mitkommen. Aber auch der Fahrer. Der Agent ist in Göteborg. Er ... wir sollten ihn in Oslo treffen. Aber die beiden ... sie sind gefährlich. Böse. Heute früh ... die anderen schliefen. Sie wollten mit mir reden. Sie ... sie haben mich ins Wohnzimmer geholt, und dann haben sie versucht ... wollten sie ... »

Ich winkte ab. Gerade jetzt sollte sie nicht nach Worten suchen müssen. Ich brauchte wirklich nicht viel schmutzige Phantasie, um mir vorstellen zu können, auf was für Ideen diese beiden Arschlöcher gekommen waren.

«Alles klar», sagte ich. Und ohne es geplant zu haben, legte ich meine Hand auf ihre. Und sie wehrte mich auch nicht ab. «Und dann bist du abgehauen? Voll in den Orkan?»

«Mußte ich. Ich bin den ganzen Tag gelaufen. Sie suchen vielleicht.»

«Nein», sagte ich. «Sie sind weg. Und hier bist du sicher.»

Und ich dachte: Die Götter mögen wissen, was jetzt werden soll.

Ich stand auf. «Du mußt doch todmüde sein!»

«Ja», sagte sie. «Aber mein Bruder ...»

«Erst mußt du schlafen», sagte ich. «Ich werde dir helfen, das verspreche ich dir, aber erst mußt du dich ausruhen.»

Und nun schlief sie doch tatsächlich vor meinen Augen ein. Ich konnte sie in letzter Sekunde packen, ehe sie zu Boden sank. Trug sie in mein Bett und stopfte sie angezogen unter die Decke. Ich hockte noch ein Weilchen neben ihr und streichelte ihre Stirn und ihre Wange. Sie war so ungefähr das Schönste, was ich je gesehen hatte. Und ich merkte, wie müde ich selber war. Überlegte mir, wie unendlich gut es tun würde, mich an sie zu schmiegen, sie in den Arm zu nehmen und in Schlaf zu versinken. Aber das ging nicht. Jetzt nicht. Vielleicht nie. Denn dort draußen im Wald lief die Wirklichkeit weiter. Ich mußte zur Hütte hinüber, wo Jorun wartete. Sie machte sich jetzt sicher schon Sorgen; ich war dreimal so lange weggeblieben wie berechnet.

Ich ging in die Küche und zog wieder meine Regenkleidung an. Verdammt, ich hatte Ashu nicht gesagt, daß ich noch einmal weg mußte. Sollte ich abschließen oder die Tür offenlassen? Was würde ihr mehr Angst machen, wenn sie erwachte?

Aber mir ging auf, daß diese Frage vermutlich völlig daneben war. Wer so einschläft wie Ashu, schläft lange.

Es kommt Hilfe

Ich schloß dann aber trotzdem die Tür ab. Sollte sie aufwachen und allen Erwartungen zum Trotz Lust auf einen kleinen Waldspaziergang kriegen, dann konnte sie schließlich aus dem Fenster springen.

Im Vergleich zu vor ein paar Stunden hatte sich das Wetter nun beträchtlich beruhigt. Ich erreichte die Hütte fast doppelt so schnell wie der Prof und ich beim letztenmal.

Doch. Jorun hatte durchaus an mich gedacht, das sah ich beim Eintreten sofort.

«Wo hast du denn gesteckt?» Ihre Augen waren weit aufgerissen, ihr Kinn hing schlaff hinunter.

«Ich war da, wo ich hingehen sollte», sagte ich und riß mir die Jacke vom Leib. Im Kamin loderte ein Feuer. Ich ließ mich in einen Sessel fallen.

«So lange?» Sie brachte mir eine Tasse Kaffee, die ich dankbar annahm. «Hast du Bescheid geben können?»

«Alles klar. Da unten war kein Schwein, aber ich habe ein Fenster eingeschlagen. Das Telefon hat funktioniert. Hab die Bullerei in Oslo angerufen. Die schienen schon gut Bescheid zu wissen. Suchmannschaften sind unterwegs, wahrscheinlich treffen sie bald hier ein.»

«Du bist über zwei Stunden weggeblieben», sagte sie. «Ich hatte Angst um dich. Angst, du könntest mit gebrochenem Genick irgendwo im Schlamm liegen.»

«Ich hab eine Frau getroffen», antwortete ich. «Und mich verliebt. Sie ist zusammen mit einer Ladung Möbel von der anderen Seite des Globus gekommen. Hatte Hunger und war triefnaß. Da mußte ich den edlen Ritter spielen und ihr helfen.»

Sie sah mich an, als ob ich den Verstand verloren hätte. «Wenn das ein Witz sein sollte, dann sind wir wohl nicht auf derselben Wellenlänge. Ich denke doch auch an den Prof und an Beate, klar? Und an den armen Kerl, der vielleicht dabei draufgeht und so.»

«Hör schon auf», sagte ich unnötig hitzig. «Ich habe Bescheid gesagt, und zwar im absoluten Expreßtempo. Daß ich später hier bin als berechnet, spielt in diesem Zusammenhang nicht die geringste Rolle. Tut mir leid, Jorun, ich weiß, daß du dir Sorgen gemacht hast, aber ich mußte einfach zuerst nach Sagrønningen. Was Trockenes anziehen. Den Braten wegwerfen.»

«Tut mir leid», sagte sie. «Ich wollte dich nicht kritisieren. Sei doch nicht sauer!»

«Nix sauer. Nur kaputt. Total kaputt. Danke für den Kaffee. Du bist Spitze.»

Warum ich ihr nichts von Ashu erzählt habe? Ich weiß es nicht. Ich wußte es damals nicht, und ich weiß es noch immer nicht. Ich hatte nur so ein vages Gefühl von ... Gefahr. Nicht, daß ich von Jorun auch nur das geringste zu befürchten gehabt hätte, eher im Gegenteil – aber eine innere Stimme sagte mir, daß ich jetzt eins nach dem anderen angehen müßte, und je weniger von der Schönheit wußten, die in meinem Bett in Sagrønningen schlief, um so besser.

«Was machen wir jetzt?» fragte sie.

«Nichts», antwortete ich. «Jetzt können wir nur noch warten.»

Zum Glück brauchten wir nicht lange zu warten. Ich hatte noch nicht einmal meinen Kaffee ausgetrunken, als schon an die Tür geklopft wurde. Jorun machte sofort auf, und eine ganze Schar Leute vom Roten Kreuz strömte herein. Sie waren naß und aufgeregt und tranken im Stehen den heißen Kaffee, während Jorun und ich erklärten, was passiert war und was wir gesehen hatten. Sie breiteten auf dem Tisch am Kamin eine riesige Landkarte aus, und Jorun zeigte ihnen die Stelle, wo vermutlich das Flugzeug lag. Hinter uns knisterte ein Walkie-talkie, und die Frau, die das Kommando hatte, teilte unsere Position und die ungefähre Position des Wracks mit. Ich hörte, daß sie einen Hubschrauber schicken wollten, falls das Wetter stabil bliebe.

«Riskant», meinte einer. «Da draußen stürmt's noch immer.»

«Die sind schon unterwegs», sagte die Walkie-Frau. «Die wissen schon, was sie tun. Wie sind da draußen die Landebedingungen?»

«Gut, glaube ich. Ich versteh ja nicht viel von Sachen, die durch die Luft fliegen, aber das Wrack liegt auf dem abgeholzten Streifen. Genau auf der Grenze also.»

«Und der Verletzte?»

«Gleich am Waldrand. Nur ein paar Meter.»

«Und ihr seid sicher, daß der Pilot tot ist?»

«Wir sind sicher, daß einer von ihnen tot ist. Und im Flugzeug waren nur zwei.»

Jorun unterbrach mich und erzählte von dem Mann, der an einem Bein in einer Birke hing.

«Pfui Teufel», sagte der Jüngste von der Bande. «Sind wir denn für so was ausgebildet worden?»

«Ja», sagte ein anderer. «Genau für so was. Okay, Leute. Hintern hoch, wir können nicht ewig hier herumstehen und quatschen. Frank, du bleibst mit Jorun hier in der Hütte und koordinierst das Ganze. Gib ihm deinen Sender, Trude. Es sind noch mehr Leute unterwegs. Polizei und überhaupt alles, was dazugehört. Sie kommen hierher. Du» – er wies auf mich – «zeigst uns den Weg. Ich weiß, daß du ziemlich am Ende bist, aber das hilft jetzt nichts. Wir markieren den Weg von hier zum Wrack mit Phosphor. Schickt die anderen weiter, sowie sie hier eintreffen. Wenn ihr direkten Kontakt zum Hubschrauber bekommt, dann sagt uns so bald wie möglich Bescheid. Wir jagen ein paar Wunderkerzen hoch, wenn wir auf Schußweite heran sind.»

Und wieder ging es hinaus in die Nacht. Meine Beine waren wie zwei steife Stöcke. Sie waren fast ganz taub, aber auf irgendeine seltsame Weise funktionierten sie, gingen ganz von selbst zur Unfallstätte. Auf dem ganzen Weg wurde die Strecke dadurch markiert, daß der Zuletztgehende irgendein grünes, selbstleuchtendes Zeugs an die Baumstämme schmierte.

Schon aus weiter Entfernung konnten wir das Feuer sehen. Prof! dachte ich. Alter Junge! Aber später stellte sich dann heraus, daß Beate das Unmögliche gelungen war – sie hatte mit tropfnassem Holz ein Feuer gemacht, während Gott dermaßen blies, daß die Bäume nur so ächzten. Der Prof hatte Tannenzweige gesammelt und eine Schutzwand geflochten. Jetzt saßen sie dicht bei dem Verletzten und fütterten das Feuer mit Zweigen und Holzstücken, sprangen aber auf, als sie uns entdeckten.

«Peter!» Der Prof kam durch die Dunkelheit gerannt. Er fiel mir um den Hals, roch herbe und gut nach Rauch. «Ich hatte schon gedacht, ich würde dich nie mehr wiedersehen! Ist dir klar, wie lang eine Stunde ist, wenn du so herumsitzt und wartest?»

«Ja», sagte ich. «Ungefähr so lang, wie wenn du ganz allein mit hängender Zunge durch den schwarzen Wald rennst.»

«Erzähl!» bat er eifrig. «Wie haben sich die Mistkerle da unten benommen? Was haben sie gesagt?»

«Kein Sterbenswörtchen. Das Telefon war allein zu Hause. Wie geht's dem Patienten?»

Wir drehten uns um. Die Leute vom Roten Kreuz waren schon am Werk.

«Nicht sehr gut, glaube ich», murmelte der Prof. «Er ist bei Bewußtsein, aber nur halbwegs, wenn du verstehst. Brabbelt und phantasiert. Und schreit zwischendurch wie am Spieß. Hat schlimme Schmerzen. Das war das Schlimmste. Einfach hilflos hier zu sitzen, während der Typ durch die Hölle muß.»

«Jetzt kriegt er sicher Morphium», sagte ich. «Und

offenbar ist auch schon ein Hubschrauber unterwegs. Weißt du, wer er ist?»

«Ja. Halt dich fest. Peder Knutsen. Journalist. Bei VG. Hab in seiner Jackentasche seinen Presseausweis gefunden.»

«Peder Knutsen? Nie gehört.»

«Ich auch nicht. Aber *Journalist?* Was zum Kranich hat ein Journalist von VG hier oben in der Luft verloren? Geht's um den Schnaps?»

Ich zuckte mit den Schultern. «Vielleicht hat er einfach ein paar Tage frei.»

«Red kein Blech. Mein Bruder ist schließlich auch Journalist. Und diese Leute haben niemals frei! Sie sind nie zufällig irgendwo!»

Ashu! dachte ich.

«Was ist los? Was machst du für ein Gesicht?»

«Ach, nichts», sagte ich. «Doch, eins. Ich habe dein Hemd verliehen. Dein rotes Jeanshemd.»

«Was soll das heißen?»

«Halt jetzt die Klappe», bat ich. «Damit müssen wir noch warten.» Beate kam auf uns zu.

Sie sah aus wie ein ertrunkenes Kätzchen. Oder wie ein Kätzchen, das irgendwer zu ertränken versucht hat. Stand da mit hängenden Armen und sah mich einfach nur an.

«Wie geht's dir?» fragte ich.

Das hätte ich nicht fragen dürfen. Sie schien sich vor meinen Augen ganz einfach aufzulösen, und ehe ich mich's versah, hatte ich die Arme voll von ihr.

«Keine Panik», sagte ich. «Das Schlimmste ist jetzt vorbei.» Und ohne es zu wollen, fing ich an, ihren

Kopf zu streicheln. Ja, echt: Ich wollte es nicht, aber meine Hand fing einfach damit an.

Und als ihr Mund kam, war auch mein Mund zur Stelle – noch immer, ohne daß ich das wollte. Ihre heiße Zunge, unsere heißen Zungen ... alles in mir war in diesem Moment ein einziges Chaos. Ich begriff ihre Reaktion nicht und meine eigene noch viel weniger. Der Prof räusperte sich verlegen und wandte sich ab.

«Ich hab so auf dich gewartet», murmelte sie mir in den Mund. «Ich hab so verdammt auf dich gewartet. Seit ich dich zum erstenmal gesehen habe.»

Und nun endlich konnte mein Gehirn einen Gedanken formen.

«Ärger», sang es in meinem Schädel.

Chaos

Eine halbe Stunde später war das Chaos perfekt. Der Hubschrauber stand mit laufenden Motoren da, die Leute liefen hin und her und schrien wild durcheinander. Wie Journalisten und Fotografen so schnell hergefunden hatten, weiß ich einfach nicht, aber jedenfalls waren sie zur Stelle, und zwar die Osloer Presse und die Nachrichtenagenturen. Wir wurden natürlich von allen Seiten geknipst, und der Rote-Kreuz-Chef lobte uns alle vier, vor allem aber Beate, die als erste etwas für den verletzten Journalisten hatte tun können. Ich konnte sehen, wie sie förmlich wuchs bei all dem Lob, und ich dachte, daß dieses neue Selbstvertrauen ihr sicher eine Hilfe sein könnte, wenn ich – ich Dussel – ihr erzählen mußte, daß unsere Knutscherei einfach nur ein Mißverständnis gewesen war, eine Reaktion auf den Mist, den wir durchgemacht hatten. Sie hing die ganze Zeit um mich herum, und ich hatte das mieseste Gewissen aller Zeiten, denn meine Gedanken befanden sich nun mal in einem gewissen Bett in Sagrønningen.

Die beiden Tragbahren wurden an Bord gebracht. Das Rote Kreuz wollte den Rest der Nacht am Unfallort verbringen. Es wurde noch mehr Presse erwartet, und es war wichtig, daß niemand sich an den Flugzeugresten zu schaffen machte, wenn die Unfallursache ermittelt werden sollte. Wir anderen begaben uns zur Hütte, wo Jorun mit Kaffee und Tee wartete. Wir ließen uns jetzt allesamt Zeit, es gab keinen Grund mehr zur Eile. Beate drückte sich an mich, so dicht, daß ich richtig Platzangst kriegte. Vor uns ging der Prof und plauderte mit einem Journalisten von VG.

«Hast du gewußt, daß hier ein Kollege von dir abgestürzt ist?» fragte der Prof.

«Ja», antwortete der Journalist, und das schien ihm wirklich zu schaffen zu machen. «Und ich habe mit Peder in Norwegen und im Ausland zusammengearbeitet. Pfui Teufel!»

Ich beeilte mich, um sie einzuholen, und stellte die Frage, die auch der Prof als nächstes gebracht hätte. Ich fragte, was VG in einem Flugzeug über dem Wald zu suchen hätte.

«Reportage», antwortete der Journalist kurz.

«Was denn?» fragte der Prof.

Der Journalist lächelte. «Ich weiß doch, daß dein Bruder beim *Dagbladet* arbeitet. Kenne ihn sogar recht gut.»

«Großes Geheimnis.» Der Prof war jetzt ganz eifrig geworden.

«Nein, das nicht. Wollte dich bloß ein bißchen hochnehmen. Peder arbeitet über Menschenschmuggel nach Norwegen. Wir hatten einen konkreten Tip gekriegt, daß hier bei einem Grenzübergang so etwas anlag. Und so ein Flugzeug ist praktisch, wenn du weißt, wonach du Ausschau halten sollst. Und das wußte Peder. Wir haben hier in der Gegend auch auf den Straßen Leute postiert.»

«Und? Wonach hat er denn Ausschau gehalten?» Jetzt hatte der Prof Blut geleckt. Er übersah meine Grimassen vollständig, und ich konnte ihn ja auch nicht anbrüllen, er sollte die Klappe halten.

Der Journalist grinste noch breiter. «Jetzt wird ein Kaffee guttun!»

Ich atmete erleichtert auf.

Ehe wir die Hütte erreichten, konnte ich den Prof beiseite ziehen. «Kein Wort mehr zu VG!»

«Was soll denn das? Ich bin doch bloß neugierig. Versuche, aus VG etwas rauszulocken!»

«Das kannst du dann von mir kriegen. Nachher. Vergiß solange den LKW.»

Er hielt mich fest. «Was soll das, Pettersen? Was zum Henker ist hier los?»

«Das erfährst du, sobald wir allein sind», sagte ich. «Wir müssen natürlich zuerst mit diesen Leuten und mit Jorun und Beate einen Kaffee trinken. Aber was auch passiert: Du und ich übernachten auf keinen Fall zusammen mit den Frauen. Weder in ihrer Hütte noch auf unserem Hof. Okay?»

Der Prof grunzte. «Ich will aber Jorun gegenüber keinerlei Heimlichtuerei einführen!»

«Genau», sagte ich. «Machst du ja auch nicht. Du weißt nämlich rein gar nichts. Noch nicht!»

«Der Teufel soll dich holen, Peter! Du weißt, daß ich an deinem Haken hänge, wenn du mir mit so kryptischen Nachrichten kommst!»

«Ja», sagte ich. «Das weiß ich.»

Es machte gewisse Probleme, wieder wegzukommen, aber damit hatte ich ja gerechnet. Als wir zusammen mit Polizei und Suchmannschaft aufbrechen wollten, gaben die Frauen sich alle Mühe, uns zum Bleiben zu überreden. Sie meinten, egal, was wir vorher abgemacht hätten, so hätte sich doch alles dermaßen dramatisch entwickelt, daß jetzt andere Regeln gelten müßten. Aber der Prof, der jetzt vor Neugier geradezu platzte, bestand darauf, daß eine Abmachung eine Abmachung sei. Und da knallte ich den Trumpf auf den Tisch und sagte, wir müßten machen, daß wir auf den Hof kämen, eben weil alles so in den Teich gegangen war. Es war nämlich nicht direkt unwahrscheinlich, daß diverse Eltern auftauchen würden. Vielleicht noch heute nacht. Jedenfalls wußten meine Eltern und die vom Prof, daß wir in dieses Drama verwickelt waren, und wenn sie auch vor Angst wohl nicht außer sich waren, so war es doch nicht unwahrscheinlich, daß sie mal bei uns vorbeischauen würden. Und dann wäre es ganz schön bescheuert, sie in ein leeres Haus kommen zu lassen.

«Genau», sagte der Prof. «Und wie ich meine Mutter kenne, hat sie schon deine angerufen, Jorun. Deshalb können deine Eltern auch als erste herkommen. Und dann kommen sie hierher zur Hütte!»

«Schon gut, schon gut, schon gut!» Jorun hielt die Hände hoch. «Ich bin viel zu müde zum Argumentieren. Und außerdem habt ihr sicher recht!»

Beate sagte nichts.

Als der Prof und Jorun sich zum Abschied küßten, blieben wir stehen und glotzten uns an, und ich begriff, daß sie alles durchschaute. Daß unsere Umarmung oben im Busch sozusagen situationsbedingt gewesen war. Plötzlich hatte sie Tränen in den Augen. Sie drehte sich um und verschwand im Schlafzimmer.

Jorun löste sich aus den Armen des Prof. «Himmel, was ist denn in die gefahren?»

«Nichts», sagte ich. «Ich bin bloß voll ins Fettnäpfchen getreten. Grüß sie von mir und sag ihr, daß es mir leid tut.»

Draußen verabschiedeten wir uns vom Gesetz und vom Roten Kreuz, die am anderen Ufer längs gehen wollten.

Und machten uns auf den Weg.

«Spuck's aus!» sagte der Prof.

Und das tat ich. Ich erzählte ihm in allen Einzelheiten, was passiert war, und ließ nicht das geringste aus – abgesehen von der Tatsache, daß ich bis über beide Ohren verliebt war.

Als ich fertig war, gingen wir lange schweigend weiter. Schließlich sagte der Prof: «Klug von dir, damit dichtzuhalten, Peter. Das wird nämlich viel komplizierter, als die Arme sich einbildet. Aber wir können das trotz allem Beate und Jorun nicht verheimlichen. Und unseren Eltern auch nicht. Das ist einfach nichts, womit zwei Sechzehnjährige allein fertig werden können. Und wir müssen natürlich versuchen, ihr zu helfen. Himmel, was für eine Geschichte! Von Sri Lanka nach Finnskogen! Im Orkan! Von ein paar verdammten Verbrechern eingeschmuggelt! Zusammen mit zwei Eimern Schnaps. Pfui Teufel, in was für einer Welt leben wir eigentlich?»

Es war fast halb zwei, als wir die Haustür von Sagrønningen aufschlossen. Wir stiegen aus unseren Stiefeln und schlichen vorsichtig ins Schlafzimmer. Im Licht, das aus dem Wohnzimmer fiel, bleiben wir stehen und sahen Ashu an. Sie hatte sich in Embryostellung zusammengerollt und schlief tief und lautlos. Wenn sich die Bettdecke nicht gehoben und gesenkt hätte, dann hätten wir sie für tot halten können.

Der Prof schluckte. «Du hast ja gar nicht erwähnt, daß du mein Hemd an Miss World verliehen hast», flüsterte er.

«Auch deine Unterhose», flüsterte ich zurück. «Die lange grüne.»

Er sah mich aus großen Augen an. «Und wir?»

«Schlafen heute nacht im Wohnzimmer», sagte ich.

«Ja», meinte er leise. «Das ist sicher das beste.»

Die Verwandtschaft rückt an

Ich erwachte bereits um kurz vor sieben. Gut. Dann wurden wir nicht im Schlaf überrascht. Denn eines stand fest: Diese Waldtour war ruiniert, jedenfalls war sie ganz anders ausgefallen, als wir erwartet hatten. Ich wußte, daß ich Peter Pettersen hieß, und genauso sicher wußte ich auch, daß ein oder mehrere Vertreter der Pettersenschen Vorfahren im Laufe des Morgens hier auf der Matte stehen würden. Aller Wahrscheinlichkeit nach zusammen mit den Vorfahren von Prof Erlandsen. Ich war davon überzeugt, daß ich derjenige in meiner Familie war, der heute nacht am besten geschlafen hatte.

Ich erhob mich vom Sofa und zog mich an. Nach den gestrigen Strapazen war ich steif und verkrampft. Der Prof öffnete ein Auge, schloß es aber gleich wieder.

«Keine Panik», sagte ich. «Schlaf du nur noch eine halbe Stunde. Ich mach schon mal Feuer. Und setze Kaffeewasser auf.»

Er grunzte irgendeine Antwort.

Ich sah kurz zu Ashu hinein. Sie schlief noch immer wie ein Stein. Wann hatte sie wohl zuletzt richtig ausschlafen können? Unmöglich zu sagen. Leider war es genauso unmöglich zu sagen, wann sie das nächstemal ohne Angst würde schlafen können. Was machte man denn bloß in so einem Fall? Ich hatte keine Ahnung. Ich würde mit meinen Eltern darüber sprechen müssen. Meine Mutter würde eine Lösung finden. Meine Mutter fand immer eine Lösung.

Ich machte im Herd Feuer, setzte den Kaffeekessel auf und deckte den Tisch. Für drei. Als der frisch aufgebrühte Kaffee seinen Duft aussandte, kam der Prof angewackelt.

«Sag was Nettes, Peter!» Er ging zum Wasserfaß und tauchte sein Gesicht mehrmals ins eiskalte Wasser. «Sag, daß alles nur ein Alptraum war. Daß du und ich und die Frauen in Wirklichkeit einen ganz tollen Abend verbracht haben. Mit Lammbraten und allen Schikanen. Erzähl mir, daß ich in meinem Leben noch keinen toten Flieger gesehen habe!»

«Tut mir leid», sagte ich. «Und die Alten sind sicher schon unterwegs.»

Er setzte sich an den Tisch und griff zur Kaffeetasse. «Jaja. Nichts zu machen. Naiv von uns zu glauben, wir könnten Ferien machen, ohne in irgendein Drama verwickelt zu werden.»

Ich gab keine Antwort. Ganz am Rande meines Blickfeldes hatte ich eine Bewegung wahrgenommen, und als ich mich umdrehte, sah ich Ashu in der Wohnzimmertür stehen. Der Schlaf, den sie noch nicht ganz abgeschüttelt hatte, machte ihre Augen noch schöner.

«Prof», begann ich.

Aber er hatte sie schon entdeckt. Er sprang so heftig auf, daß sein Hocker umkippte. Nach zwei langen Schritten stand er vor ihr und nahm ihre Hand.

«Prof Erlandsen», sagte er höflich und machte eine tiefe Verbeugung. «Nice to meet you.»

Sie fand es offenbar auch recht nice, den jungen Erlandsen zu treffen. Jedenfalls brachte er ihr Lächeln viel schneller zum Vorschein, als mir das am letzten Abend gelungen war.

«Tee oder Kaffee?» fragte ich, um ihre Aufmerksamkeit auf mich zu lenken.

«Was für eine Frage!» stöhnte der Prof und ließ ihre Hand los. «Die Dame will natürlich Tee!» Er stürzte in die Speisekammer. «Earl Grey? Darjeeling?»

«Kaffee», sagte der Engel.

Wir saßen noch beim Frühstück, als die Elterngeneration eintraf. Durch das Küchenfenster sahen wir sie schon aus weiter Entfernung. Den Anfang machte der Vater vom Prof. In Kniebundhosen und Anorak schritt er über Heidekraut und welkes Gras. Er war über sechzig, aber topfit. Zwanzig Meter hinter ihm kamen Mutter und Vater angehetzt, und wie es aussah, waren sie mehr tot als lebendig. Mein Vater sah geradezu krank aus. Der Wind riß und zerrte an seinen Haaren, und er hielt seine alte Lederjacke an einem Finger über seiner Schulter. Die Art, wie er lief – oder besser gesagt: torkelte –, verriet uns, daß der alte Erlandsen von Anfang an ein strammes Tempo vorgegeben hatte.

Als Ashu sah, daß Leute kamen, ängstigte sie sich zuerst, aber sie beruhigte sich schnell, als der Prof und ich ihr den Zusammenhang erklärten.

Der Vater vom Prof kam hereingestürzt. «Ist bei euch alles in Ordnung, Jungs? Ich ... aber was in all …» Er hatte die Schönheit entdeckt. Blieb mit verwirrtem Grinsen in seinem roten, schweißnassen Gesicht stehen.

«Keine Panik», sagte der Prof und holte drei weitere Tassen aus dem Schrank. «Du ertappst mich hier nicht auf frischer Tat mit einer heimlichen Geliebten. Aber ich glaube, wir sollten auf die Nachhut warten, dann brauchen wir nicht alles mehrmals zu erklären.»

Das müssen wir wahrscheinlich doch, dachte ich. So schwer von Begriff, wie mein Vater ist.

Und dann stand er da. Mein Vater. Stützte sich rechts und links im Türrahmen ab und schnappte nach Luft. «Ihr zwei seid einfach unmöglich. Ihr seid ganz einfach unglaublich! Kann einer von euch überhaupt aufs Klo gehen, ohne in irgendeinem schwachsinnigen Abenteuer zu landen?»

«Weg da!» quengelte Mutter. «Ja, ich will mich ja nicht in eure Angelegenheiten mischen, Jungs, aber … »

Ich zeigte auf sie. «Meine Eltern», erklärte ich Ashu. «Das ist Ashu», sagte ich dann den drei Erwachsenen. «Sie ist gestern abend von Schweden her mit einem LKW eingeschmuggelt worden. Ich habe sie hier im Busch getroffen, als ich den Flugzeugabsturz melden wollte.»

Mein Vater lachte hämisch und lange. «Genau, ja. Natürlich!» Er ließ sich auf einen Stuhl fallen. «Ich brauche einen Schnaps!»

«Ach du meine Güte!» sagte Mutter verwirrt. «Ist sie ganz allein?»

«Nein», antwortete ich. «Sie hat mich.» Und nachdem ich die unzufriedene Grimasse meines Kumpels registriert hatte, fügte ich hinzu: «Und den Prof.»

«Genau», sagte der Prof feierlich.

Das Ganze entwickelte sich ungefähr so, wie ich mir das vorgestellt hatte. Mutter etablierte sofort eine Frauenallianz mit Ashu, eine Allianz, die dazu führte, daß wir Zipfelträger mehr oder weniger auf der Seitenlinie stehenblieben und die Fans spielten. Was Ashu im Moment am meisten beschäftigte, war ihr verschwundener Bruder. Wir versuchten, sie damit zu beruhigen, daß Norwegen ein winziges Land ist und daß es sicher nicht so schwer sein würde, ihn zu finden, aber das schien sie nicht sonderlich zu beeindrucken.

«Wie heißt dein Bruder?» fragte Mutter.

«Jegatheeswaran», antwortete Ashu.

Schweigen.

«Unter uns können wir ihn ja Jo nennen», schlug ich vor.

Der Vater vom Prof kratzte sich seinen grauen Schädel. «Aber wie in aller Welt sollen wir jetzt vorgehen? Was macht man in so einer Situation? Sie ist illegal ins Land gekommen ... ich meine, sie braucht doch Papiere. Eine Aufenthaltsgenehmigung.»

«Sie kommt erst mal mit zu uns nach Hause», sagte Mutter, ohne Vater und mich auch nur eines Blickes zu würdigen. Das fand ich toll von ihr. Bei ihr gab's kein Wenn und Aber. «Dann sehen wir weiter. Wir informieren uns über die Gesetzeslage und tun das, was für sie am besten ist.»

«Aber klar», murmelte mein Vater. «Sie kann erst

mal im Zimmer von Klein-My wohnen.» Er sah meinen Blick und fügte hinzu: «Ja, ich weiß ja, was du denkst, mein Junge, aber ich glaube, es wäre keine gute Idee, sie zu dir ziehen zu lassen.»

«Natürlich nicht», sagte Mutter. Und damit war der Fall erledigt. Und ich sah ja ein, daß sie recht hatten. Sie waren nicht prüde. Sie dachten nur daran, daß Ashu aus einer anderen Welt kam und unsicher und verängstigt war. Natürlich konnten sie sie nicht so einfach zum Sexmonstrum der Familie ins Bett stecken. Außerdem war ich mehr als zufrieden damit, daß sie überhaupt bei uns einzog.

«Nur noch eine Kleinigkeit», sagte Vater. «Über diese Sache wird nicht laut geredet. Es ist sicher nicht ganz legal, um das mal so zu sagen.»

Mutter und Ashu machten einen Spaziergang, und wir anderen blieben sitzen und redeten über den Flugzeugabsturz. Trotz allem waren sie ja schließlich deshalb gekommen.

«Das hätte doch lebensgefährlich sein können», sagte Vater. «Gestern abend hattet ihr hier einen Orkan, haben sie im Radio gesagt.»

«Es *war* lebensgefährlich», sagte ich. «Aber war hätten wir denn sonst tun sollen?»

«Nein», sagte der Vater vom Prof. «Ihr habt getan, was ihr tun mußtet. Ich bin stolz auf euch. Aber ich habe noch immer eine Gänsehaut. Und Rolf hat schon recht. Ihr habt eine phänomenale Begabung dafür, dort zu sein, wo etwas passiert.»

«Keiner weiß das so gut wie Peter und ich», sagte der Prof. «Ich hätte vor unserem Aufbruch beinah gebetet. Darum, daß Peter und ich dieses eine Mal ganz normale Ferien machen könnten.»

«Mach es das nächste Mal», sagte mein Vater. «Den Versuch ist es doch immerhin wert, nicht wahr?»

Wie gesagt: Die Ferien, die wir geplant hatten, waren solide in den Teich gegangen. Und nun stellte sich die Frage, wie wir die Rückfahrt nach Oslo so rein praktisch arrangieren sollten. Eigentlich hätte Leffy uns erst einen Tag später an der Stelle holen sollen, wo er uns abgesetzt hatte. Aber er hatte in seinem Führerhaus nicht genug Platz für drei Passagiere, und niemand fand es eine gute Idee, daß Ashu noch einen Tag hier oben im Busch verbringen sollte. Aber als Mutter ihr gegenüber andeutete, daß sie jetzt gleich mit ihr und Vater in die Stadt fahren könnte, schüttelte Ashu energisch den Kopf und sah mich an.

Etwas wuchs in mir. Ich sagte: «Tut mir leid, Prof. Sieht aus, als ob ich dich hier eine Nacht allein verbringen lassen müßte.»

«Kein Problem. Ich geh zu den Frauen rüber.»

Sein Vater räusperte sich, sagte aber nichts.

«Apropos Frauen», sagte Mutter. «Da sind sie schon.» Sie winkte durchs Fenster.

Verdammte Axt! dachte ich. Beates bittender Blick war nun wirklich das letzte, was ich gerade brauchen konnte.

Aber da half alles nichts. Einige Minuten später wurden die beiden Ashu vorgestellt und in die nächsten Pläne der Familie Pettersen eingeweiht. Jorun und Beate jammerten laut über Ashus Notlage, und ich hatte keinen Grund zu glauben, daß eine von ihnen Theater spielte. Aber trotzdem registrierte ich Beates bohrenden Blick, mit dem sie abwechselnd Ashu und mich ansah. Mir war klar, daß sie in mir las wie in einem offenen Buch. Frauen sind in dieser Hinsicht unheimlich, und zu meiner großen Verzweiflung merkte ich, daß ich feuerrot anlief und mein Gesicht geradezu glühte.

«Um Himmels willen!» sagte Mutter. «Was ist denn mit dir los, Peter? Du siehst ja aus, als ob du gleich überkochst!»

Der Prof raffte zum Glück alles und sagte rasch: «Ja, das hier ist aber auch die reine Sauna.»

«Tierisch heiß», quiekste ich.

«Finde ich nicht», meinte Beate. «Ich finde es eher kühl.»

Ich stieg als letzter ins Auto. Und als ich gerade die Tür hinter mir zuknallen wollte, warf ich zufällig einen Blick auf den Hang, auf dem Ashu und ich gestern abend fast abgestürzt wären.

Zwischen den Bäumen stand der Schwarzgebrannte. Unbeweglich, wie aus Ton geformt. Er war zu weit weg, und deshalb konnte ich seine Augen nicht sehen, aber ich konnte doch seinen bohrenden Blick spüren.

«Mach die Tür zu!» sagte Vater. «Wir müssen nach Hause und andrerleuts Probleme lösen!»

Ashu

Ich merkte es sofort, als ich aus der Schule kam. Hier stimmte etwas nicht. Wir waren vor vier Tagen aus dem Wald nach Hause gekommen. Ashu hatte sich problemlos in unser Familienleben eingefügt, jedenfalls so glatt, wie es überhaupt möglich ist, wenn du keinen Mucks von dem verstehst, was um dich herum gesagt wird, und noch nie auf den Gedanken gekommen bist, daß es ein Gericht namens Fischpudding in weißer Soße geben könnte. Nachts schlief sie auf einer Matratze bei Klein-My, und die war absolut begeistert darüber, daß sie nun eine Schwester hatte, die «Indianerin» war. Und Ashu ihrerseits war offenbar an den Umgang mit Kindern gewöhnt. Zwischen den beiden jüngsten Frauen des Hauses gab es keine sprachlichen Barrieren.

Jetzt saßen sie vor dem Fernseher und tranken Tee. Ashu lächelte mich an, und das spürte ich bis in die Fußsohlen.

Aber Mutter hatte mir den Rücken zugedreht und zeichnete Blumen auf die beschlagenen Fensterscheiben. Ein sicheres Zeichen dafür, daß sie tief in Gedanken versunken war und in sich selber herumsuchte.

«Das nutzt alles nichts, Peter», sagte sie tonlos. «Diese Schlacht ist schon verloren.»

Sie ging mit mir auf mein Zimmer, wo ich meine Schultasche unter den Schreibtisch stellte.

«Wie meinst du das?» fragte ich. Spürte, daß mein Herz loshämmerte. «Willst du Ashu auf die Straße setzen?»

Sie setzte sich aufs Bett. «Jetzt bist du ungerecht, Peter Pettersen.»

«Ja», gab ich zu. «Tut mir leid.» Ich wußte ja, daß Mutter barfuß zum Nordpol gegangen wäre, wenn das Ashu hätte helfen können. Sie hatte sich wirklich mehr als nur alle Mühe gegeben, wenn ich früher Probleme mit nach Hause gebracht hatte.

«Ich hab im Antirassistischen Zentrum angerufen», sagte sie niedergeschlagen. «Als ersten Anfang. Weil ich dachte, die würden sich mit solchen Fällen auskennen.»

«Aber das war nicht so?»

«Doch. Sie haben gesagt, daß alles keinen Zweck hat.»

«Aber Herrgott», sagte ich. «Sie muß doch wenigstens das Recht haben, in diesem Land Asyl zu beantragen?»

«Ja, das schon. Aber das Ergebnis wird dasselbe sein. Die Alternative ist, schwarz hierzubleiben, hier in Oslo unterzutauchen. Von Kriminalität oder Schwarzarbeit zu leben. Von unterbezahlter Schwarzarbeit, wohlgemerkt. Himmel, Peter – die Kleine hat kein einziges Papier! Null Paß. Ihren Paß – und der gehört ihr ja nicht einmal – hat dieses zynische Arschloch von einem Agenten. Sie hat nichts, verstehst du? Sie kann sich keinen Job suchen, sie kann nicht zur

Schule gehen, sie kann nicht einmal krank werden. Findest du, das hört sich an wie eine brauchbare Zukunft?»

Ich schluckte. «Nein.»

«Sie hat erzählt, daß sie in Frankfurt gelandet ist und daß sie ungefähr eine Woche in Hamburg untergetaucht war. Weißt du das noch?»

«Ja.»

«Und damit ist Deutschland das sogenannte ‹Erstreiseland›. Deshalb muß sie sich dort um Asyl bewerben, nicht hier. So will es das Gesetz. Wenn sie vor Norwegen schon in einem anderen Land war, jedenfalls länger als nur einige Stunden, dann muß sie sich dort bewerben.»

«Dann geht sie einfach zu den norwegischen Behörden», sagte ich eifrig. «Und sagt, sie wäre direkt gekommen. Hält die Klappe über ihre Tage in Deutschland. Sie ... sie kann doch einfach sagen, sie hätte ihren Paß verloren?»

Mutter verstummte. Sah mich traurig an. «Hört sich ziemlich dünn an, findest du nicht?»

«Mehr als dünn. Aber können die Behörden das Gegenteil beweisen?»

«Keine Ahnung. Da ist auch noch die Sache mit ihrem Bruder. Um den macht sie sich schreckliche Sorgen. Ich glaube, es ist wichtig, daß wir versuchen, ihn aufzuspüren. Egal, wie alles weitergeht – ich glaube, es ist das Wichtigste, daß die beiden zusammenhalten. Versetz dich doch mal in ihre Lage. Oder in seine.»

«Stimmt», sagte ich.

«Sagen wir nun, wir finden ihn», fuhr Mutter fort.

«Soll er dann auch der Fremdenpolizei erzählen, er hätte zufällig seinen Paß verloren? Nein, Herrgott, das ist doch total hoffnungslos. Denn wenn diese Fremdenpässe nicht gefälscht waren – und das waren sie wohl nicht –, dann sitzen hier in Norwegen höchst lebendige Menschen, denen sie gehören. Die in der norwegischen Papiermaschinerie verzeichnet sind! Und die können nicht behaupten, sie hätten ihre Pässe verloren. Denn selbst wenn sie die Namen auswendig gelernt haben, die in den Pässen standen, dann kann die Polizei sich ja leicht mit ihren richtigen Besitzern unterhalten.»

«Warum zum Kranich haben sie die denn überhaupt verliehen?» fragte ich verzweifelt. «Wenn sie doch wissen, was für Ärger die Leute erwartet, die damit einreisen wollen. Und die Eltern von Ashu und ihrem Bruder haben ein Vermögen dafür bezahlt, die beiden hierherzuschaffen. In eine bessere Zukunft.»

«Sie sind leider restlos betrogen worden», sagte Mutter. «Das ist ein großes Geschäft.»

«Für die Leute, denen die Fremdenpässe gehören? Die Leute von ihrem eigenen Fleisch und Blut, sozusagen?»

«Nicht unbedingt», antwortete Mutter.

«Wie willst du das denn sonst erklären?»

«Ich weiß es nicht, Peter!» sagte sie genervt. «Aber die ganze Kiste stinkt. Irgendwer hat sie übers Ohr gehauen. Und dieser sogenannte ‹Agent› ist darin verwickelt; soviel ist klar. Er hat wissen müssen, wie die Gesetze hier sind. Ganz klar.»

«Daß Herman und Schieli mit der Sache zu tun

haben, ist auch klar», sagte ich. «Aber warum zum Henker schleppt dieser Agent diese Leute bis nach Norwegen, wenn er doch weiß, daß die ganze Kiste für sie sowieso in den Teich gehen muß? Dann hätte er sie auch auf dem Flugplatz von Frankfurt sitzenlassen können. Die Kohle hat er doch sicher schon vorher eingetrieben.»

Mutter schüttelte den Kopf und stand auf.

«Hast du Ashu schon Bescheid gesagt?» fragte ich.

«Nein. Und im Moment schaff ich das auch noch nicht. Aber es ist ja ganz klar, daß sie nicht ewig in Mys Zimmer bleiben kann. Auf irgendeine Weise müssen wir einen Ausweg finden. Fürs erste habe ich ihr nur gesagt, daß sie hierbleiben muß. In dieser Wohnung. Du darfst sie nicht mit rausschleifen, egal, wie verlockend das auch sein mag.»

«Ja verdammt», sagte ich wütend. «Das ist ja wie im Krieg. Juden auf dem Dachboden.»

«Das ist auch eine Art Krieg», sagte Mutter und machte die Tür auf. «Die Zeiten sind eben so.»

Die Zeiten sind eben so, dachte ich. Was ist das denn für eine bescheuerte Antwort? Wenn die Zeiten «so» sind, dann kann man ja wohl dafür arbeiten, daß sie eben nicht mehr «so» sind. Dafür, daß die Zeiten sich ändern. Der Prof und ich kannten ein paar Presseleute. Bei den großen Osloer Zeitungen. Wir hatten einem von ihnen das Leben gerettet, und Goran, der Bruder vom Prof, arbeitete beim *Dagbladet.* Einen Moment lang war ich richtig high, fühlte mich stark. Dann fiel mir ein, was jeden Tag in diesen Zeitungen stand. Neben Mord und Gewalt und Regierungskrisen: eine endlose Folge von Artikeln über Menschen, die mehr oder minder illegal ins Königreich Norwegen gekommen waren und die als anonyme Pakete wieder in die Welt hinaus entsandt wurden. Manche wurden zurück in die Länder geschickt, aus denen sie gekommen waren, andere in andere Länder, vermutlich in die, die Mutter als «Erstreiseland» bezeichnet hatte. Ich begriff nicht soviel von diesem Kram, ich wußte bloß, daß es sich ganz einfach um Menschen drehte, die sich eine bessere Zukunft erhofften und die von einem kleinen Land kurz vorm Nordpol gehört hatten. Als wir gerade aßen (ein indisches Fertiggericht, von Vater mit guten Absichten gekauft und von Mutter mit zaghaftem Lächeln serviert), kam der Prof.

Er schnüffelte. «Das Menü geht in östliche Richtung, wie ich sehe?»

«Spar dir die Witze», sagte Vater. «Ich dachte bloß, daß ... ja ... »

«Das Essen ist völlig in Ordnung», sagte ich. «Wir brauchen unserem Gast ja nicht zu erzählen, daß es asiatisch ist.»

Ashu blickte uns überrascht an und spachtelte das Essen, das sie sicher für ein norwegisches Nationalgericht hielt.

«Du, VG hat angerufen», sagte der Prof. «Die wollen was über uns schreiben. Ihrem Journalisten geht's etwas besser. Sie wollen am Krankenbett ein paar Bilder machen. Die Frauen und ich haben schon ja gesagt. Sie holen uns», er sah auf die Uhr, «in einer halben Stunde ab.»

«VG!» schnaubte Vater und pustete den heißen Reis

an. «Gibt es in diesem Land wohl ein einziges Käseblatt, in dem ihr nicht in irgendeinem Zusammenhang auf der ersten Seite aufgetreten seid?»

«Den *Nordkapboten* vielleicht», meinte der Prof. «Aber wir waren ja auch noch nie im Norden.»

«Wenn euch das bloß nicht zu Kopf steigt», sagte Mutter.

«Das ist ihnen leider schon längst zu Kopf gestiegen», sagt Vater. Aber den Stolz in seiner Stimme konnte er doch nicht ganz verbergen. «Peter und der Prof. Die strahlenden Ritter von Torshov. Wenn das hier vorbei ist, kümmert ihr euch um die norwegische Wirtschaft, ja? Banken und Versicherungen schreien doch geradezu nach Burschen wie euch. Und wenn ihr das auf die Reihe gebracht habt ... » Er schnalzte mit der Zunge und dachte nach. «Die Mindestrente. Besorgt ein paar Rentenmilliarden für Mutter und mich. Und vergeßt Leffy nicht, der ist sein ganzes Leben schon pleite.»

«Vorläufig müßt ihr euch noch hinter Ashu und ihrem Bruder anstellen», sagte ich.

Vater ließ sich nicht vom Stengel hauen, wurde plötzlich aber ernst. «Ja, apropos. Kein Sterbenswörtchen, ja?»

«Vater!» sagte ich. «Nicht schon wieder!»

Er zuckte mit den Schultern. «Wenn die Bullerei bei Verhören Journalisten von der Tagespresse einsetzen würde und nicht ihre eigenen Leute, dann hätten sie viel mehr Erfolg. Ihr habt nichts gesehen. Nicht mal den LKW!»

«Nein», sagte ich. «Nur ein Flugzeug. Nur ein verdammtes abgestürztes Flugzeug!»

Das Taxi von VG kam pünktlich. Neben dem Fahrer enthielt es einen Journalisten und einen Fotografen. Wir stiegen zum Fotografen nach hinten.

«Schön, daß ihr mitmacht», sagte der Journalist, der Roar hieß und mit dem wir schon einmal zu tun gehabt hatten. «Wie ich sehe, macht ihr weiter. Ihr befindet euch ja nicht zum erstenmal mitten im Sturm.»

«Diesmal war es ein Orkan», sagte der Prof und lachte. Alle lachten.

«Wie geht es denn dem Patienten?» fragte ich.

«Der ist kaputt, aber bei guter Laune», antwortete Roar im üblichen fetzigen Journalistenstil. Manchmal hatte ich mir schon überlegt, daß sie mit soviel Mist und menschlichen Tragödien zu tun hatten, daß ihre Sprüche wohl eine Art Schutz bedeuteten.

«Der kommt wieder auf die Beine», sagte der Fotograf. «Aber garantiert nicht mehr vor Weihnachten.»

«Übel», sagte der Prof.

«Ganz recht», stimmte Roar zu und pfiff aufs Rauchverbot. Der Fahrer sagte nichts, sondern steckte sich auch eine an. «Und der Pilot ist von Frau und zwei Söhnen weggeflogen. Das ist noch schlimmer. Wie ihr vielleicht gemerkt habt, haben weder *Dagbladet* noch wir geschrieben, daß er wie ein Wimpel an einer Birke hing. Denkt daran, wenn ihr das nächste Mal was Schlechtes über uns hört.»

«Wo sind die Frauen?» fragte der Prof.

«Anderes Taxi. Die wollten noch Blumen kaufen. Auf Rechnung von VG. Wir bringen am Samstag die ganze Kiste auf einer Doppelseite. Volle Farben und so.»

«Schreibt ihr auch, warum ihr das Flugzeug gemietet hattet?» erkundigte sich der Prof.

«Natürlich. Das wissen ohnehin alle. Sogar dein Bruder beim *Dagbladet.* Peder hat das, was er da oben im Wald vorhatte, zwar nicht geschafft, aber er hat in den letzten drei Monaten sehr viel Stoff über diese Schweinerei gesammelt. Wir haben genug für eine Woche Fortsetzungsthriller. Die Reisewege. Die Opfer. Verbindungen zum selben Mist in Deutschland, Dänemark und Norwegen. Einige Leute werden ganz schön lange Zähne kriegen, wenn wir die Pressen in Gang setzen.»

«Was meinst du mit Verbindungen?» fragte ich. «Verbindungen mit dem Mist?»

«Genau das, was ich sage. Damit ist viel Geld zu verdienen, mein Junge. Besonders viel, wenn diese verdammten Hintermänner diese armen Würstchen noch weiter gebrauchen können, nachdem sie sie hierhergeschafft haben. Ohne Papiere oder mit falschen Papieren – was machst du dann? Dann verhältst du dich ganz ruhig. Dann bleibst du genau da, wo du hingesetzt wirst.»

«Und das ist?»

Die Kippe immer noch im Mundwinkel, drehte er sich um und musterte mich mit hochgezogener Augenbraue. «Bist du blöd? Was glaubst du wohl, was man in dieser Stadt mit sechzig Kilo goldenem Frauenfleisch machen kann? Oder in irgendeiner anderen Stadt?» Er drehte sich wieder um und schnippte die Asche aus dem Fenster. «Und wenn es zum Teufel geht, kriegt die Frau von den Behörden einen Tritt in den Hintern, und die netten Onkels tauchen wieder in die Menschenmenge ein und spielen erneut Agenten des Glücks. Die kotzen mich an!»

Unser Besuch bei dem verletzten Journalisten im Krankenhaus fiel eigentlich ziemlich beknackt aus. Ohne soviel Blitzlicht und Fragen hätte er weniger beknackt sein können. Aber wir konnten nur mitmachen und auf alles pfeifen. Das meinte Peder offenbar auch – und schließlich hatte er ja grünes Licht gegeben. Denn eine Story war es immerhin. Der Prof und ich hatten ja schon mal im Rampenlicht gestanden, mehr als einmal sogar, und es war natürlich interessant, daß wir oben im Wald herumgelungert hatten, als das Flugzeug heruntergefallen war. Peder war übrigens sehr nett. Machte sogar Witze mit uns, obwohl er bis zu den Ohren eingegipst war. Lobte Beate über den grünen Klee. Die Ärzte hatten ihm von ihren Leistungen erzählt. Er selber hatte bloß Bruchstücke mitbekommen – und diese Bruchstücke waren so schmerzhaft gewesen, daß er lieber nicht mehr daran dachte. An den Absturz konnte er sich überhaupt nicht erinnern. Und das war vielleicht ganz gut so, meinte er.

Ich mußte mir die ganze Zeit die Frage verkneifen, ob er etwas über den LKW gewußt hatte, aber zum Glück gelang mir das auch. Ich brauchte mein Bewußtsein nur für eine Sekunde auf zwei fast schwarze Augen zu richten, und schon verging mir die Lust zum Fragen. Denn mit meinen Gefühlen für Ashu wurde es immer schlimmer. Wenn ich nur an sie dachte und mir ins Bewußtsein rief, daß sie aller Wahrscheinlichkeit nach ausgewiesen werden würde, dann tat mir das fast körperlich weh. Mein Magen krampfte sich zusammen. Und sie selber wußte noch nichts davon! Weder von dem einen noch vom anderen. Oder vielleicht doch? Auf irgendeine Weise mußte ihr doch aufgegangen sein, daß nicht alles so war, wie es sein sollte. Schließlich hatten meine Eltern (unterstützt von mir) darauf bestanden, daß sie vorläufig die Wohnung nicht verlassen durfte. Der Traum von Norwegen als fast paradiesischem Land hatte wohl schon Risse bekommen.

Und was mich und meine Liebe betraf ... Es war nicht direkt unwahrscheinlich, daß sie die Schwingungen, die in letzter Zeit mehr oder weniger bewußt von mir ausgegangen waren, korrekt gedeutet hatte. Wenn ich im selben Zimmer war wie sie, wurde ich automatisch zum Trampel, der alles umwarf, ihrem Blick auswich und die richtigen Worte nicht fand. Obwohl ihr Englisch viel schlechter war als meins und obwohl sie sich in einer gelinde gesagt wahnwitzigen Situation befand, wirkte sie ruhiger, sicherer als ich. Zweimal hatte ich sie auf frischer Tat ertappt. Sie hatte mich mit einem Blick angestarrt, den ich einfach nicht deuten konnte. Ihre dunklen Augen hatten mich aus einer anderen Welt heraus angesehen, einer anderen Dimension. Ich war einfach gefangen worden – und ich hatte den Verdacht, daß sie sich darüber vollständig im klaren war. Noch als sie restlos hilflos gewesen war, triefnaß und erschöpft, da oben im Busch, hatte sie einen Stolz gehabt, eine Art Würde. Sie bat um nichts mit ihrem Blick. Sie war nicht Beate.

Aber Beate war hier. Zwischen uns lag ganz schön viel Trübes in der Luft nach dem verdammten Kuß und der Sache in der Hütte, und ich ahnte schon, daß es meine Aufgabe, meine Pflicht sozusagen war, hier für klare Luft zu sorgen. Ja verdammt, ich wollte ihr doch nichts Böses, eher im Gegenteil, aber nach meiner (nicht besonders großen) Erfahrung mit Frauen war es fast unmöglich, sich zu einer, die in dich verliebt war, normal zu verhalten – wenn du diese Gefühle nicht zurückgeben kannst. Nichts ist dann richtig. Ist man nett, glaubt sie, man würde weich. Ist man sauer und genervt, ist man der klassische Mistkerl, der sich nicht mal anständig benehmen kann. Irgendwas dazwischen gibt es einfach nicht. Oder vielleicht doch? Vielleicht bestand die Lösung einfach darin, die Karten auf den Tisch zu legen und ihr die Wahrheit zu sagen? Im Grunde kannte sie die ja schon. Oder nicht? Vielleicht dachte sie einfach, ich wäre schüchtern? Und hätte Hemmungen? Und damit hatte sie ja recht – in gewisser Hinsicht. Ich wußte nämlich einfach nicht, woher ich den Mut nehmen sollte, mit ihr über alles zu sprechen. Hatte eine Höllenangst davor, sie irgendwie zu verletzen. Und was bedeutete das nun wieder? Daß ich vielleicht doch Gefühle für sie hegte … *Schluß damit!*

«Wer soll womit Schluß machen?» Wir standen alle vier im Fahrstuhl. Ich mußte unbewußt laut gesprochen haben. Der Prof hatte die Klangwellen aufgeschnappt.

«Tut mir leid», sagte ich. «Ich war mit den Gedanken woanders.»

«Und da sollte irgendwer Schluß machen?» fragte Jorun.

«Ja, stell dir vor!»

«Du bist komisch», sagte Beate und lächelte. Sie hatte ein hübsches Lächeln. Ich spürte, wie froh ich darüber war, daß sie mir nicht mehr grollte, und deshalb lächelte ich zurück.

Der Prof schlug vor, in einem Café in der Nähe eine Cola zu trinken, und ich ging mit, obwohl ich lieber nach Hause zu der gefahren wäre, die dort saß.

Wir fanden einen Fenstertisch, und natürlich kam unser Gespräch bald auf Ashu. Beide Frauen und auch der Prof wollten wissen, wie die Lage war, was Mutter nach zwei Tagen am Telefon herausgefunden hatte, und ich erzählte ihnen die schlechten Nachrichten.

«Scheiße!» sagte Beate.

«Das ist so ungerecht!» meinte der Prof. «Da unten ist es doch verdammt unruhig.» Er legte eine Pause ein, dann sagte er: «Okay. Sieht aus, als ob wir die wichtigste Schlacht schon verloren hätten. Ashu kann wohl kaum in Norwegen bleiben, weil sie ja ein paar Tage in Deutschland war. Also vergeuden wir keine Zeit mit Gejammer darüber, wie ungerecht das ist, obwohl ich das ja gerade gemacht habe. Was können wir tun? Um ihr zu helfen, meine ich.»

«Was Peters Mutter gesagt hat», antwortete Jorun. «Wir können uns alle Mühe geben, dafür zu sorgen, daß sie nicht allein ausgewiesen wird.»

«Ihren Bruder finden», sagte der Prof nachdenklich. «Das wird nicht leicht!»

«Laßt uns alle getrennt nachdenken», sagte ich.

«Bis morgen.» Ich leerte mein Glas. «Ich will nach Hause.»

In Wirklichkeit konnte ich einfach dieses «Die Schlacht ist verloren»-Gerede nicht mehr ertragen.

In dieser Nacht blieben Ashu und ich bis fast ein Uhr in meinem Zimmer sitzen und quatschten. Ihr Englisch war zwar eigentlich nicht besser geworden, aber ich verstand sie jetzt, konnte mit ihrer fremdartigen Aussprache umgehen. Ich weiß nicht, ob es richtig von mir war, aber ich erklärte ihr so vorsichtig wie möglich, wie wenig lustig die Lage aussah. Sie wirkte nicht direkt überrascht, aber ich sah, daß meine Worte sie trafen. Vor allem, als ich sagte, wie wichtig es war, ihren Bruder zu finden, damit sie nicht allein nach Deutschland geschickt würde, wenn es denn schon so schlimm käme. Sie saß lange ganz still neben mir auf dem Bett, kein Laut war von ihr zu hören. Sie weinte ganz leise, ohne einen einzigen hörbaren kleinen Schluchzer. Ich hatte auch einen Kloß im Hals, hielt also auch die Klappe – ein Wort, und der Damm wäre geborsten. Vorsichtig legte ich den Arm um sie, und sie ließ das auch zu, sank gegen mich, und ich wischte ihr die Tränen ab, mit einer von den ungeschickten Gesten, die in ihrer Nähe zu meiner Spezialität geworden waren. Und mitten im ganzen Mist war ich glücklich. Ihr Haar duftete leicht nach Shampoo, ihr glänzendes schwarzes Haar, und ich spürte ihr Herz gegen meine Rippen pochen. Schnell, schnell, es erinnerte mich an einen kleinen Hasen, der über eine Wiese rennt. Alles war so ... behutsam. Und gerade deshalb vielleicht so stark. Es war kein Moment für wilde Zungenküsse und Gefummel unter dem Pullover. Es war kein blödsinniges Klassenfest mit sechs Bier und einem Kondom, für das man nie Verwendung fand. Es war kein schnöder Alltag. Es war Sonntag. Fast ein bißchen heilig.

So saßen wir eine halbe Stunde lang. Die einzige halbe Stunde in meiner Erinnerung, die wie dreißig Sekunden wirkte.

Sie stand auf und sagte: «Ich muß ihn finden. Ich muß meinen Bruder finden.»

Ich zog sie wieder aufs Bett. «Sei nicht dumm. Das übernehme ich.»

Sie fuhr mit ihrer Zeigefingerspitze über meinen Wangenknochen, mit einem schmalen braunen Finger mit rosa Nagel. «Wie denn?»

«Ich habe einen Plan», sagte ich.

Ich hatte keinen.

Als sie bald darauf aufstand, um schlafen zu gehen, sagte ich: «Um Himmels willen, Ashu! Begeh jetzt keine Dummheit. Bleib hier. Ich verspreche, daß ich deinen Bruder finde!»

Sie nickte und sagte gute Nacht. Dann verschwand sie im Wohnzimmer, wo Vater vor dem Fernseher weggeknackt war.

Ich blieb noch eine Stunde auf. Ich hatte Angst, einen soliden Patzer begangen zu haben. Womöglich schlich Ashu sich in ihrer Verzweiflung in die Nacht hinaus, um aufs Geratewohl nach ihrem Bruder zu suchen.

Zum Umfallen müde ging ich ins Wohnzimmer und drehte die Glotze aus. Ließ meinen Vater davor sitzen und ging dann ins Badezimmer, um mir die Zähne zu putzen. Auf dem Rückweg in mein Zimmer schaute ich bei Klein-My herein.

Ashu lag auf dem Rücken auf ihrer Matratze und schnarchte leise. Klein-My war zu ihr unter die Decke gekrochen, lag ganz still und sah sie an. Als sie mich entdeckte, runzelte sie die Stirn und legte ihren kleinen Zeigefinger senkrecht über ihre zusammengepreßten Lippen.

Nur das Beste für die Jüngste, dachte ich und kehrte in mein viel zu großes Bett zurück.

Keine Hoffnung mehr?

Als ich am nächsten Tag aus der Schule kam, schienen die Wände um mich herum einzustürzen. Wieder hatte ich dieses seltsame Gefühl, daß etwas nicht stimmte, als ich die Tür aufschloß. Aber diesmal stand Vater am Fenster. Allein im Wohnzimmer.

«Tut mir leid, Peter», sagte er, ohne sich umzudrehen. «Aber es ist zum Teufel gegangen.»

Und da dachte ich, die Wände kämen tatsächlich auf mich zu. Eine zitternde, unwirkliche Sekunde lang.

«Ashu?»

«Die Bullerei war hier. Fremdenpolizei.»

Ich ließ mich aufs Sofa fallen, und ein schwarzer Schleier wehte vor meinen Augen. «Wie … ?»

Vater antwortete nicht sofort. Warf mir nur einen besorgten Blick zu und holte sich aus der Küche ein Bier. Er öffnete die Flasche mit den Zähnen – was er nur tat, wenn er außer sich war –, spuckte den Verschluß auf den Boden und setzte sich mir gegenüber. Und während er seinen Tabak hervorholte und sich eine dicke Zigarette drehte, sagte er: «Ich weiß auch nicht, was da passiert sein kann. Das heißt, *wie* es passiert sein kann. Aber irgendwer hat geredet.»

«Irgendwer hat die Bullen angerufen!» sagte ich

und merkte, wie hysterisch meine Stimme sich anhörte.

«Ja», sagte Vater. «Aber versuch mal, es so zu sehen, Peter: Es wäre doch irgendwann passiert. Es ist heute geschehen, nicht morgen oder in einer Woche. Und weil es jetzt passiert ist, mußten wir sie jedenfalls nicht drängen, sich bei den Behörden zu melden. Sie hatte nichts, Peter. Sie hatte nicht einmal einen Zettel mit ihrem Namen. Es geht nicht, außerhalb der Gesellschaft zu leben.» Er fügte hinzu: «Das weiß ich, ich habe es versucht.»

«Aber zum Henker!» sagte ich wütend. «Wer kann so ein Arsch gewesen sein? So ein Schwein?»

Er zündete seine Zigarette an. Zog heftig daran und blies den Rauch über den Tisch. «Weiß nicht. Und ich glaube, es wäre Zeitverschwendung, das in Erfahrung bringen zu wollen. Geschehen ist nun mal geschehen. Vielleicht waren es Leute hier aus dem Haus. Ein gewisses Frauenzimmer im Erdgeschoß sieht doch jedesmal rot, wenn sie eine dunkle Haut erblickt. Hier sind die Verhältnisse übersichtlich, mein Junge. Die Leute reden – oft, ohne es selber zu wissen. Und My ... » Er zuckte die Schultern. «Sie geht jeden Tag in den Kindergarten. Wir können nicht von ihr erwarten, daß sie kapiert, worum es hier geht.»

Ich schluckte. Neben mir würde My das am härtesten treffen.

«Und noch eins, Peter!» Er lächelte schwach. «Wir haben einen Gedankenfehler begangen. Es überrascht mich fast, daß du oder der Prof das nicht gemerkt habt. Wo ihr doch sonst den Durchblick habt.»

«Was denn?»

«Ihr Bruderherz. Wir wollten doch alle versuchen, ihn zu finden, damit sie nicht mutterseelenalleine abgeschoben wird. Aber es ist wenig wahrscheinlich, daß wir ihn als erste finden. Viel eher wird er von der Bullerei aufgelesen. Und *vor* Ashu ausgewiesen.»

«Das mußt du mir genauer erklären», sagte ich. «Was ist passiert? Wie ist es passiert? Und wo ist überhaupt Mutter?»

«Es war im Grunde ganz undramatisch. Wir waren hier, Ashu, Mutter und ich. Dann hat es geschellt. Ein Frauenzimmer und ein Typ. Bullen. Sie haben sich im Grunde ganz okay benommen, ich war fast baff. Mutter hat ihnen alles erklärt. Hat gesagt, daß wir Ashu an der schwedischen Grenze gefunden und versucht haben, das Beste daraus zu machen. Sie ist mitgefahren, um zusammen mit Ashu alles zu Protokoll zu geben.»

«Und die Bullen?»

«Bei denen war jedenfalls keine Schadenfreude zu sehen. Sie waren ganz korrekt. Konnten natürlich nichts versprechen. Aber sie meinten, daß Ashu wohl ins Flüchtlingsheim von Tanum gebracht wird, wegen dieser Sache mit ihrem Bruder. Die Alternative wäre das beim Flugplatz, und dort sind die Türen verschlossen. Soviel ich weiß, kommen in dieses Heim Leute, bei denen der Fall klar ist und alle wissen, daß der Betreffende ausgewiesen wird. Ich glaube, daß Ashu als Mädchen und allein etwas besser dran ist als ein Mann, den sie irgendwo im Zentrum erwischen. Wir können einfach nur abwarten, was Mutter zu erzählen hat.»

Mutter kam erst gegen sieben. Vater und ich hatten eine Erbsensuppe fabriziert und schon längst gegessen, hatten den Rest aber für Mutter warm gestellt. My hatte eine gereinigte Version der Ereignisse gehört und sich damit begnügt, dem Kühlschrank einen Tritt zu verpassen. Vater und ich sahen, wie erschöpft Mutter war, und bedrängten sie deshalb nicht. Ich schnitt Brot für sie ab, und Vater füllte ihren Suppenteller.

«Ja, ja», sagte sie und blies auf die Suppe. «Es hätte schlimmer sein können.»

«Wo ist sie jetzt?»

«Flüchtlingsheim Tanum. Sie ist zwar auf illegalem Weg ins Land gekommen, hat aber trotzdem das Recht, einen Antrag auf Asyl zu stellen. Das Verhör bei der Polizei gilt sogar als Antrag. Ihr Fall ist aller Wahrscheinlichkeit nach verloren, da sie das mit Deutschland gesagt hat. Aber sie darf hier bleiben, solange ihr Antrag nicht offiziell abgelehnt worden ist. Ich glaube, daß es ihr einige Pluspunkte eingebracht hat, die Karten auf den Tisch zu legen. Und wie gesagt: Wenn sie sichergehen will, daß sie mit ihrem Bruder zusammen abgeschoben wird, dann ist diese Taktik wohl die klügste. Wohlgemerkt, wenn er nicht den ganzen Deutschlandaufenthalt leugnet, wenn er auftaucht. Das einzige, was wir sicher wissen, ist, daß er sich weder bei der Polizei noch bei anderen Behörden gemeldet hat.»

«Hat sie sonst noch etwas gesagt?» Vater rutschte auf seinem Stuhl hin und her.

«Alles. Zuerst kein Wort, aber als ihr dann aufging, wie sehr sie betrogen worden war, kam es wie ein Wasserfall. Ihre Eltern haben sich fast ruiniert. Ihr ist auch erklärt worden, daß kaum die Gefahr besteht, daß sie auch aus Deutschland ausgewiesen wird. Und das ist für sie trotz allem das Wichtigste. Hier in Europa eine Chance zu haben. In Deutschland erwartet sie sicher auch keine Idylle, aber es kann trotz allem ein Anfang sein. Aber mir wäre viel wohler zumute, wenn ihr Bruder auftauchen würde. Jetzt lebt er ja illegal hier, ohne Möglichkeit, sich ehrlich sein Geld zu verdienen. Es wäre ganz schön übel, wenn sie ihn wegen irgendeines Verbrechens hopsnehmen würden.»

«Wie ... wie lange kann sie denn in diesem Flüchtlingsheim bleiben?» fragte ich. «Wie lange dauert es, bis ihr Antrag behandelt wird?»

«Das kann einige Wochen dauern oder auch zwei, drei Monate. Vielleicht nehmen sie auch Rücksicht auf die Sache mit ihrem Bruder. Sie haben ihr jedenfalls geglaubt, davon bin ich ziemlich überzeugt.»

Wochen! Monate! Sofort sah ich alles in hellerem Licht. Seit ich vor einigen Stunden ins Wohnzimmer gekommen war, hatte ich sie mir unterwegs zum Flugplatz vorgestellt, mit einem schweißnassen Ticket für einfache Fahrt in der Hand. Aber warum zum Henker hatte sie verraten, daß sie in Deutschland gewesen war? Unser Fehler, das sah ich ein. Wir hätten ihr einhämmern sollen, daß sie darüber die Klappe zu halten hatte. War es ihr denn egal, ob sie in Deutschland war oder in Norwegen? Dann hatte ich keinen großen Eindruck auf sie gemacht. Hatte sie denn nicht kapiert ...

Mutter beugte sich über den Tisch und schmatzte mir feucht auf die Wange. «Das ist von ihr. Von Ashu. Sie schaut bald mal hier vorbei.»

«Was? Und ich dachte ...»

«Das dachte ich auch, um ganz ehrlich zu sein. Daß sie dort nicht weg dürfen, solange ihr Antrag bearbeitet wird. Na gut. So schlimm ist es also nicht. Du kannst sie morgen ja anrufen. Fragen, wie es ihr geht.»

«Hat sie gesagt, du solltest mich auf die Wange küssen?» fragte ich und wischte sie mit dem Handrücken ab.

«Von der Wange war keine Rede. Aber da ich deine Mutter bin, küsse ich dich lieber dort.» Sie zwinkerte mir zu. Dann war sie plötzlich wieder ernst. «Die Bullen haben versprochen, uns anzurufen, wenn ihr Bruder auftaucht.»

«Und du?» fragte Vater skeptisch. «Hast du etwas versprochen?»

«Nichts. Und ich glaube auch nicht, daß sie mich für besonders kriminell gehalten haben. Nicht einmal, nachdem ich zugegeben hatte, daß ich mit dir verheiratet bin. Nein, sie waren eigentlich ziemlich in Ordnung. Und sie machen die Einwanderungsgesetze ja auch nicht. Das tun schließlich die Politiker.»

«Mach dich nicht lächerlich», sagte mein Vater. «Die Politiker, die ich unterstütze, kommen nicht mal in die Nähe des Parlamentes.»

Ich stand auf und ging, ich wußte schließlich, welchen Spruch Mutter jetzt aufsagen würde. Ich kannte ihren Text in diesem Schauspiel, und ich kannte auch Vaters.

Der Prof saß mit Jorun auf seinem Zimmer.

«Störe ich?» fragte ich, als ich die Tür öffnete.

«Natürlich», sagte der Prof. «Wir wollten gerade eine Runde bizarren Sex einlegen.»

Ich ließ mich in den freien Sessel fallen und informierte sie über die neueste Entwicklung des Falls.

«Wir müssen den Typen finden», sagte der Prof nachdenklich. «Ihren Bruder.»

«Ja, aber wie?» fragte Jorun.

Der Prof kratzte sich am Kopf. «Diese beiden Banditen, die Leffy kennt, haben doch mit dem Fall zu tun. Wenn ich mich nicht sehr irre, dann stecken sie mittendrin. Sie waren sicher nicht zufällig da oben, als der LKW aufgetaucht ist. Wartet hier, ich rufe Leffy an. Der muß doch wissen, wie sie mit Nachnamen heißen. Wenn wir Schwein haben, dann weiß er auch, wo sie wohnen.»

«Was meinst du?» fragte Jorun, als der Prof verschwunden war.

«Ich weiß nicht recht. Das Argument ist natürlich richtig. Ich frage mich bloß, was wir den Heinis erzählen sollen, wenn wir bei ihnen klingeln.»

Sie zuckte mit den Schultern. «Mit der Bullerei drohen vielleicht.»

«Du hast sie nicht gesehen, Jorun! Ich glaube, du hättest keine Lust, diesen Typen mit irgendwas zu drohen. Außerdem können wir ja nicht das geringste beweisen. Aussage würde gegen Aussage stehen. Und die beiden haben schon einige Runden mit dem Gesetz hinter sich.»

«Na gut. Aber wenn wir herausfinden, wo sie wohnen … »

«Dann können wir ihre Unternehmungen im Auge

behalten. Doch. Stimmt. Nur schade, daß sie sich sicher in ein Auto setzen, wenn sie irgendwas unternehmen.»

Sie schwieg.

«Jorun ... » sagte ich. «Das da mit Beate. Versteh das nicht falsch, ich mag sie wirklich gern. Aber ich kann einfach nicht ... das da oben im Wald war blöd von mir. Obwohl es doch bloß ein total unschuldiger Kuß war!»

«Ja», sagte sie. «Das war blöd von dir. Aber vom Prof und mir war es auch blöd, sie ewig mitzuschleppen. Daß du kein Interesse hast, hätten wir schon beim erstenmal raffen müssen.»

«Ich möchte sie jedenfalls nicht verletzen.»

«Weiß ich doch. Und wir wollen jetzt auch nicht übertreiben, Peter. Solange ich Beate kenne, ist sie dauernd unglücklich in irgendwen verliebt.»

«Verdammt», sagte ich. «Das hat sie nicht verdient.»

«Nein», stimmte Jorun zu. «Hat sie nicht.»

Der Prof kam mit drei Colas zurück. «Das war's. Voll in den Teich. Herman Skalbye und Svend Winter. Leffy hat keine Ahnung, wo sie wohnen. Und das Telefonbuch hat noch nie von ihnen gehört. Richtig was zum Anstoßen!» Er gab jedem eine Flasche.

Jorun zog eine *Blue Masters* aus einem zerknautschten Päckchen. Ihr einziges Laster, wie sie sagte. Sie rauchte wie ein Schlot.

Sie klopfte auf ihre Hosentasche. «O verdammt, ich hab mein Feuerzeug bei Beate vergessen. Hat einer von euch Feuer?»

«Ich hol welches», murmelte der Prof und stand auf.

«Warte», sagte ich. «Ich glaube, ich hab was.» Ich packte meine Jacke, die ich über meinen Sessel gehängt hatte, und durchwühlte die Taschen. Doch. Die Streichholzschachtel, die ich auf Hof sechsundneunzig gefunden hatte, war noch da. Ich zündete ein Streichholz an und gab Jorun Feuer.

«Laß mal sehen!» bat der Prof eifrig.

Ich gab ihm die Schachtel.

«Kann ich die haben?»

Der Prof sammelte alles mögliche. Es überraschte mich überhaupt nicht, daß er jetzt auch Streichholzschachteln sammelte.

«Natürlich», sagte ich.

«Hm. Hübsches kleines Teil.» Er sah sie sich genau an. *«Garten des Ostens»*, las er. *«Asiatische Spezialitäten.»* Er sah mich interessiert an. «Dagewesen?»

«Nix. Hab sie auf Hof sechsundneunzig auf dem Boden gefunden, nachdem ich in der Orkannacht die Fensterscheibe eingeschlagen hatte.»

Der Prof stieß einen leisen Pfiff aus. «Du hast doch gehört, was du da gesagt hast, Peter Pettersen? Du hast es mitgekriegt?»

«Ich weiß, worauf du hinauswillst. Aber Chinarestaurants gibt's hierzulande inzwischen wie Sand am Meer.»

«Stimmt. Aber der *Garten des Ostens* liegt in Oslo. Und irgendwer von Hof sechsundneunzig hat da gegessen. Außerdem ... »

«Alles klar», sagte ich und grinste. «Wenn es ein Holzweg ist, dann ein verdammt leckerer.»

«Und wer bezahlt *diese* Ermittlung?» fragte Jorun.

«Ich glaube, die Alten übernehmen das diesmal», sagte ich. «Ja, das glaube ich wirklich.»

«Ich auch», sagte der Prof. «Ich glaube, ich will Ente in Erdnußsoße. Wenn die das dort haben.»

«Weiß mir den schönsten Garten ...»

Der *Garten des Ostens* war kein normales chinesisches Restaurant. Hier war die gesamte asiatische Küche vertreten, jedenfalls recht viel davon. Auf der Speisekarte vor den großen doppelten Glastüren sahen wir chinesische, vietnamesische, thailändische und indische Gerichte. Jedenfalls den selbstsicheren Behauptungen des Prof zufolge.

Im Eingang empfing uns ein grinsender Großmogul in schwarzem Anzug und weißem Hemd. Er verbeugte sich fast bis auf den Boden und führte uns zu einem super Fenstertisch im ersten Stock, mit Blick auf Fjord und Hafen. Wir saßen auf einer Art Galerie, und auf der anderen Seite des Tisches hatten wir den Überblick über das Erdgeschoß, das aus irgendeinem Grund viel voller war.

«Toll hier!» sagte der Prof, als der Kellner die Speisekarte brachte. Der Kellner lächelte. «Das höre ich gern. Ich glaube, den meisten gefällt es hier. Vorab etwas zu trinken?»

Jorun bestellte Mineralwasser, der Prof und ich Cola.

Nur wir drei. Endlich hatten sie das kapiert. Früher an diesem Tag hatte ich Ashu im Flüchtlingsheim angerufen. Sie sagte, es gehe ihr gut, aber sie vermisse uns alle. Vor allem mich. Außer mir vor Freude darüber hätte ich sie fast eingeladen, riß mich aber noch zusammen. Wir wollten essen gehen – na gut. Aber im Grunde waren wir doch hergekommen, weil wir wissen wollten, wie es hier denn so roch. Die Chance, daß ein Besuch hier irgendein dramatisches Ergebnis zeitigen würde, war zwar minimal, aber ich hielt es trotzdem für das beste, auf Nummer Sicher zu setzen. Außerdem war es ihr erster Tag dort draußen, und ich nahm an, daß sie allerlei Praktisches zu erledigen hatte. Sie erzählte, daß sie hier zwei weitere Tamilen kennengelernt hatte, und ich begriff, daß es eine Erleichterung für sie war, ihre eigene Sprache sprechen zu können. Sie versprach, ganz bald bei uns vorbeizuschauen, und dann sagte ich «I love you» und legte auf.

«Oh, oh, oh!» sagte der Prof und trommelte mit der Zunge gegen seinen Gaumen. «Da haben wir ja meine Ente! Knusprig und mit Erdnußsoße!»

«Ich dachte, das sollte ein Witz sein», sagte Jorun. «Das mit der Erdnußsoße. Das klingt ja total pervers, wenn du mich fragst.»

«Ich frag dich aber nicht», sagte er und lächelte. «Nein, das ist kein Witz, meine Liebe. Und auch nicht besonders pervers. Ich weiß ja, daß du dir ein halbes Hähnchen mit Erdnußbutter vorstellst, aber damit hat das nun wirklich nichts zu tun. Warte nur ab!»

Jorun und ich entschieden uns für indisch. Teilten eine Reispfanne mit verschiedenen Fleischsorten in verschiedenen Soßen. Mittelscharf. Zu ganz scharf konnte ich sie nicht überreden. War wahrscheinlich auch besser so. Ich mußte zugeben, daß mir das Essen scharf genug war, als ich probiert hatte. Es trieb uns richtig den Schweiß auf die Stirn. Das war etwas ganz anderes als der norwegisch-indische Eintopf, den mein Vater im Laden an der Ecke gekauft hatte. Komische Kiste, übrigens. Hier saß ich und aß das, woran Ashu gewohnt war, während sie bestimmt Frikadellen in weißer Soße serviert bekommen hatte.

«Was wollen wir hier eigentlich?» fragte Jorun zwischen zwei Gabeln.

«Alles, außer der Rechnung», murmelte der Prof mit vollem Mund. «Nein, ehrlich gesagt, ich weiß es nicht. Aber es besteht eine Verbindung zwischen Hof sechsundneunzig und diesem Laden hier. Wahrscheinlich der reine Zufall. Das einzige, was es in meinem Hinterkopf klicken ließ, war das mit asiatischen Menschen und asiatischem Essen. Außerdem ... »

«Sag's nicht!» fiel ich ihm ins Wort. «Ich glaube, ich habe dasselbe gedacht. Es hat schon öfter in der Zeitung gestanden, daß Leute aus der Dritten Welt in Restaurants hier in der Stadt übel ausgebeutet werden. Nicht nur in chinesischen Restaurants, sondern überall.»

«Gute Arbeit!» lobte der Prof.

Ich fuhr fort: «Wir haben uns doch die Frage gestellt, warum zum Kranich dieser verdammte Zuhälter von einem Agenten die Leute hergeschleift hat, wo er sie doch genausogut in Deutschland ihrem Schicksal hätte überlassen können. Der kennt sicher die Gesetze und *weiß*, daß sie zurückgeschickt werden, wenn sie den norwegischen Behörden in die Hände fallen.»

«Genau», sagte Jorun. «Wenn er nicht dafür sorgt, daß sie gut versteckt sind. Dann kann es nämlich ziemlich lange gutgehen. Sicher jahrelang.»

«Stimmt.» Der Prof hörte sich so gleichgültig an, daß mir klar war, daß er sich das schon längst überlegt hatte. Mich fragte er: «Hat Ashu gesagt, wie die Geschlechterverteilung bei ihrer Gruppenreise war?»

«Halbe-halbe», antwortete ich. «Drei Männer und drei Frauen.»

Der Prof nickte. «Mit anderen Worten: Wenn wir wüßten, wem die Ehre zuteil wird, diese Teller zu spülen, nachdem wir hier im Essen geschwelgt haben, dann wären wir vielleicht der Aufklärung dieses Rätsels ein gutes Stück näher gekommen. Und wenn irgendwer aus Ashus Gruppe hier Sklavenarbeit leistet, besteht durchaus die Möglichkeit, daß einer davon ihr Bruder ist.»

«Warum das?» fragte Jorun.

«Darum», antwortete der Prof. «Ja, tut mir leid, das sagen zu müssen. Aber auch wenn ein Arbeitgeber im Jahr ganz schön viel Kohle sparen kann, wenn ein Sklave sich für ihn fast gratis abrackert, dann würde es sich doch kaum lohnen, junge Frauen in der Spülküche einzusetzen. An denen kann man nämlich viel mehr verdienen, wenn man sie bürsten läßt, versteht ihr.» Er sah mich an. «Denkt dran, was der Typ von VG gesagt hat.»

«O verdammt», sagte Jorun. «Bordelle?»

«Ja, wieso nicht? Wenn du nicht über normale menschliche Gefühle verfügst, dann ist das doch nur logisch. Was glaubst du denn, was eine Frau wie Ashu im Laufe einer Woche zusammenvögeln könnte, wenn diese zynischen Arschlöcher Eintrittskarten verkaufen? Verdammt viel Geld, Jorun! Und das passiert die ganze Zeit. Sicher auch in Wohnungen hier am Hafen. Überall. Ganz normal.»

«Und warum hauen die nicht einfach ab?» fragte Jorun wütend. «Sie werden ja wohl nicht in Ketten gelegt!»

Der Prof sah schräg zu ihr hoch. «Süße. Liebste. Du hast keine Papiere. Keine Rechte. Bald wird alles besser, das hier ist nur ein Übergang. Schwere Zeiten im Moment. Wenn du allein aus dem Haus gehst, wirst du vielleicht von der Bullerei aufgegriffen. Und dann heißt es: ab nach Hause. In die Schande. Und in die Armut. Ich gebe dir was zu essen. Und ein Bett. Ich lasse dich fünzig Ecken für jeden lieben Freund von mir behalten, zu dem du ein bißchen nett bist. Bin ich nicht ein reizender Bursche, Jorun?»

«Arschlöcher!»

«Genau. Aber so läuft das nun mal. Oder ungefähr so. Es gibt sicher auch welche, die gleich mit einer Runde Prügel anfangen.»

«Himmel», sagte ich. «Wenn Ashu an dem Abend nicht abgehauen wäre ... »

«Dann müßte sie jetzt gerade sicher unter irgendeinem rosa Schwein aus Norwegen anschaffen», sagte der Prof herzlos. «Was mich da so verdammt sicher macht, ist die Tatsache, daß sie und ihr Bruder hier keinerlei Familie oder Kontakte haben. Dieser Agent hatte sie hundertprozentig in der Hand. Ihre falschen Pässe durften sie nicht einmal selber aufbewahren.

Das hat er nicht riskiert, denn für ihn sind die Pässe mehr wert als die Menschen, die er schmuggelt. Wenn es an der norwegischen Grenze schiefgegangen wäre, hätte er einfach kehrtmachen und eine neue Ladung holen können. Er hätte höchstens den Zusatzprofit eingebüßt. Die Grundlage hatte er schon eingesackt, durch die Blutpreise, die die Familien bezahlt hatten. Die, die jetzt abgebrannt in Sri Lanka sitzen. Niedlich, was?»

«Aber woher nehmen sie diese Pässe?» fragte ich.

«Das ist bestimmt kein großes Problem. Von meinem Bruder weiß ich, daß Leute aus der Dritten Welt, die hier in Norwegen eine Aufenthaltsgenehmigung haben, ab und zu ihre Fremdenpässe an Verwandte zu Hause verleihen. Damit sie nach Norwegen kommen und um Asyl bitten können. Das war hier aber nicht der Fall. Aber dieser Kerl ist ein Zyniker, Leute. Der kennt seine Tricks. Er kann irgendwen gezwungen haben, seinen Paß zu verleihen. Oder er kann sie ganz einfach dafür bezahlt haben. Wichtig ist, daß er sich lieber nicht mit diesen Pässen an der norwegischen Grenze erwischen lassen wollte. In Deutschland war die Gefahr nicht so groß. Die Polizei sieht ja, daß diese Menschen in Norwegen wohnen und nur auf der Durchreise sind. Aber in Dänemark, Schweden und Norwegen läßt er's nicht darauf ankommen. Es muß nicht alles ganz genauso abgelaufen sein, aber im Prinzip war es so, da bin ich mir sicher.» Er musterte uns mit ernstem Blick. «Merkt euch das. Prof Erlandsen ist ganz sicher. Und jetzt will ich Kaffee. Und Nachtisch!»

«Du hast recht», sagte ich. «Was du da aufzeigst, wirkt irgendwie total richtig.»

«Es wirkt total krank!» sagte Jorun.

«Das einzige», fuhr ich fort, «ist, daß wir uns nicht allzusehr auf diesen ‹Reiseleiter› fixieren sollten. Der kann längst über alle Berge sein. Er kann in diesem Stück eine ganz begrenzte Rolle gespielt haben. Fest steht, daß diese beiden alten Knastbrüder von Leffy mit im Spiel sind. Und wie diese beiden Knaben aussehen, wissen wir. Also müssen wir sie auch irgendwie ausfindig machen können.»

«Du denkst genau wie der typische Bewohner von Oslo», sagte der Prof. «Du gehst ganz einfach davon aus, daß sie in der Hauptstadt wohnen. Sie können aber überall wohnen. In Hokksund, Alta, Stokmarknes.»

«Schon möglich», gab ich zu. «Aber da wir überhaupt nichts wissen, können wir doch weiter so denken. Ich muß jetzt pinkeln. Ich schlage vor, ihr serviert dem Kellner irgendeinen Spruch, wenn er auftauchen sollte. Es gibt ja inzwischen in allen möglichen Zeitungen solche Restaurantspalten. Sagt, wir kämen von unserer Schülerzeitung. Fragt ihn alles mögliche. Wie viele Plätze, Öffnungszeiten und so weiter. Und mitten in dieser uninteressanten Soße bringt ihr folgende Frage: Wem gehört der Laden?» Ich stand auf. «Okay?»

«Ja, ein kluger Gedanke, Pettersen.» Der Prof nickte. «Möchtest du auch Nachtisch?»

«Nein», sagte ich. «Nur Kaffee.»

Ich hatte mir einen vagen Plan zurechtgelegt. Nur einen vagen. Er war sogar ganz schön vage. Es gab hier oben auf der Galerie ein Klo. Aber es gab auch unten eines, das hatte ich mir gemerkt.

Ich ging die Treppe hinunter.

Die Wände neben der Treppe waren rosa angestrichen und mit den üblichen chinesischen Bildern vollgehängt. Hohe, vulkanartige Berge über stillen Seen. Dramatische Hügel mit einzelnen verkrüppelten Kiefern. Chinesinnen mit hochgestecktem Haar, die unter aufgespannten Papiersonnenschirmen an einem Seeufer entlangspazierten. Friede. Stille.

Danach befand ich mich in keinem dunklen Keller. Alles war von Strahlern an der Decke beleuchtet, und der enge Flur ähnelte den Restauranträumen oben. Schwacher Duft von Essen und Seife. Aus Lautsprechern, die ich nicht sehen konnte, strömten sanfte, romantische Lieder in einer Sprache, die ich nicht verstehen konnte, die in meinen Ohren aber wie zaghaftes erotisches Gewimmer klang. Wahrscheinlich chinesisch. Vokal an Vokal. Das Herrenklo lag gerade vor mir, die Mädels waren rechts. Links gab es zwei weißangestrichene Türen, eine mit der Aufschrift *privat.*

Ich pinkelte erst mal. Und da war ich der einzige. Was verbarg sich wohl hinter den beiden Türen dort draußen? Ich nahm an, daß die Küche im Erdgeschoß lag, also gleich über meinem Kopf. Aber was war mit der Spülküche? In den meisten Restaurants lag sie im selben Stock wie die Küche, aber das hier war ein Riesenladen, und es würde mich nicht wundern, die

Räumlichkeiten fürs Saubermachen und Spülen hier unten zu finden.

Ich schüttelte meinen Kleinen ab und ging wieder auf den Flur. Sah zwei Frauenbeine, die vor mir die Treppe hochgingen. Sonst nichts. Ich versuchte die mit *privat* beschriftete Tür. Sie war so privat, daß sie abgeschlossen war.

Die andere war offen. Ich entdeckte einen weiteren Flur, der wesentlich breiter war als der, in dem ich hier stand, und sehr viel schlechter beleuchtet. An den Wänden standen Regale mit Schachteln und Fässern. Ich sah große Türen, die wahrscheinlich in Kühlräume mit Rohwaren führten.

Jemand kam die Treppe vom Erdgeschoß herunter. Ich hätte einfach die Tür zumachen und mich ganz normal verhalten können, aber aus irgendeinem Grund stand ich plötzlich dahinter. Kam der Mensch von der Treppe hierher, oder wollte er sich nur nach einem guten Essen etwas erleichtern? Ich durfte mich nicht darauf verlassen, daß letzteres der Fall war. Mit einem Sprung war ich hinter zwei großen Türen links von der Tür in Deckung gegangen und hockte mich hin.

Schritte. Schritte gingen vorbei. Mann oder Frau? Ich wußte es nicht. Nur, daß die Schritte dieses Menschen zum Klo führten.

Was machst du denn bloß, Peter Pettersen? Welches Spiel spielst du jetzt? Ich wußte es nicht. Nur, daß ich mich schon öfter so verhalten hatte. Und daß das gefährlich gewesen war. Aber gleichzeitig wußte ich, daß gerade dieses Verhalten uns weitergebracht hatte. Heraus aus der Verwirrung. Es war so, als ob ich direkt an eine unsichtbare Laufleine gebunden würde. Es war ein absurder Gedanke, daß Jorun und der Prof aller Wahrscheinlichkeit nach jetzt oben auf der Galerie saßen und Eis oder flambierte Bananen aßen und dazu Kaffee tranken. Andererseits wußte ich, daß der Prof seine Armbanduhr im Blick behielt, falls mir etwas passieren sollte. Ich hatte gesagt, ich wollte aufs Klo. Falls …

Warum empfand ich diese Unruhe? Ich wußte es nicht. Aber ich nahm sie ernst. Willie Garvin, dem Partner von Modesty Blaise, juckt es immer am einen Ohrläppchen, wenn sich irgendwas zusammenbraut. Mich juckt es überall. Und jetzt juckte es mich sogar in der Seele.

Wieder Schritte auf der Treppe. Diesmal konnte ich nur das Klappern von hohen Absätzen hören. Bald darauf wurde die Tür aufgerissen, und eine ältere Asiatin erschien. Sie ging rasch durch den Flur, ich verlor sie aus den Augen, hörte sie jedoch auf der anderen Seite eine Tür öffnen. Und ehe sie die hinter sich zumachte, konnte ich den Lärm einer großen Küche hören. Scheppern von Töpfen und Schüsseln, Besteck und Tellern. Also hatte ich mich geirrt, und die Küche lag nicht oben, während die Spülabteilung sich unten befand. Ich schlich mich an der Wand entlang auf die Tür zu, durch die diese Frau gegangen war. Zickzack zwischen Säcken mit Reis und Gemüse. Ich erreichte die Wand, und vor mir rechts lag die Tür. In einer Ecke verlief in einem Bogen von der Decke abwärts ein Aluminiumrohr und verschwand dann in der Wand; ich ging davon aus, daß es zum Belüftungssystem gehörte.

Das Loch in der Wand war jedoch quadratisch und um das Rohr herum mit Glaswatte ausgestopft. Wahrscheinlich war es erst vor kurzem angebracht worden, die Maurer hatten noch nicht verputzt. Ich kletterte auf zwei Reissäcke und fing an, vorsichtig in der stechenden Glaswatte zu bohren.

Ich war *sehr* vorsichtig. Stellte mir vor, was passieren würde, wenn ich plötzlich meine Hand hindurchsteckte und ein oder zwei Handvoll Glaswatte in einen Suppentopf auf der anderen Seite schmiß.

Aber am Ende hatte ich es dann doch geschafft. Das Loch war zwar nicht viel größer als eine Briefmarke, aber wenn ich mein Gesicht an die Watte preßte, was übrigens nicht besonders angenehm war, dann konnte ich mir doch Überblick verschaffen.

Der Raum war groß und hell. Keine Fenster, natürlich, aber er wurde von einer riesigen Lampenanlage an der Decke erhellt. Tische und große Gasherde an den Wänden, haufenweise weißgekleidete Köche, die sich über diese seltsamen chinesischen Pfannen beugten, die unten ganz schmal und oben weit sind; mir fiel nicht ein, wie sie hießen. Ich hatte nur einen sehr begrenzten Einblick, und ich konnte keine Spur von einer Spülanlage erkennen, aber ich konnte sie deutlich hören.

Plötzlich hätte ich fast lachen müssen. Das war wirklich spitze! Peter Pettersen, der unermüdliche Detektiv, hatte nun den Beweis dafür erbracht, daß es in dem großen asiatischen Restaurant auf Aker Brygge tatsächlich eine Küche gab! Das würden sie jetzt nicht mehr leugnen können, verdammt noch mal!

Aber dann passierte plötzlich etwas, was nun gar keinen Grund zum Kichern bot. Die Tür am anderen Ende des Flures wurde geöffnet, ich hörte jemanden rufen, und dann stolperte irgendwer fluchend herein.

Die Spur führt weiter

Jetzt war ich fertig, da war ich mir sicher. Entdeckt. Aber dann fiel mir ein, daß es schließlich unmöglich war, mich von der anderen Seite des Raumes her hier zu entdecken. In einem längsstehenden Regal zwischen uns befand sich eine Tonne Lebensmittel.

Außerdem wurde weitergeflucht, ohne daß ich damit gemeint gewesen wäre. Eine Stimme sagte: «Das ist verdammt noch mal das fünfte Mal! Wenn sie diese verdammte Schwelle nicht endlich plattmachen läßt, dann zwinge ich sie, das mit den Vorderzähnen zu erledigen!»

«Hör auf mit dem Krach!» befahl eine zweite Männerstimme. «Komm!»

Ich preßte mich in die Ecke. Von der Küchentür aus würden sie mich sehen können, wenn sie direkt in meine Richtung starrten, aber ich fühlte mich trotzdem ziemlich sicher. Warum sollte irgendwer in eine dunkle Ecke starren, wenn er gerade eine Tür aufmachte? Außerdem hatten sie es eilig, das hörte ich an ihren aufgeregten Stimmen und ihren schnellen Schritten.

Sie waren jetzt leiser, aber ich konnte hören, daß die Rede von Geld war und daß irgendwer bald würde «blechen» müssen. Als sie an mir vorüberkamen und in die Küche gingen, wurde mir heiß und kalt zugleich. Denn trotz der Dunkelheit: Es waren Herman und Schieli, da war kein Zweifel möglich.

Als sie die Tür hinter sich geschlossen hatten, stürzte ich wieder zu meinem Guckloch. Ich konnte die beiden zwar nicht sehen, aber ich erwischte das Gesicht eines Kochs, der sich bei ihrem Eintreten umgedreht hatte. Es sah nicht so aus, als ob seine Lieblingsgäste zu Besuch gekommen wären. Er machte ein Gesicht, als ob er in der Suppe eine tote Maus gefunden hätte.

Nun kam von rechts her die Chinesin ins Bild. Sie war älter, als ich das im Halbdunkel gesehen hatte, wirkte aber stark und sicher; sie war ein Mensch, der einfach Macht ausstrahlte. Sie fauchte irgend etwas, und ehe ich piep sagen konnte, wurde die Tür wieder geöffnet.

«Nicht hier drinnen! Habt ihr denn völlig den Verstand verloren? Macht ihr so eure Geschäfte?»

«Uns doch egal, wo wir quatschen, Oma», sagte Schieli, als sie an mir vorüberkamen. «Wir haben nichts zu verbergen.»

Sie lachte kurz und hart, und ich konnte hören, daß sie ungefähr mitten auf dem Flur stehenblieben. «Ach nein, das habt ihr wohl nicht.»

«Wir wollen uns doch nun wirklich nicht aufregen», sagte Herman und versuchte, alles herunterzuspielen. «Aber wir haben Schulden und werden bedrängt. Von jemandem, den wir nicht so gern mögen. Und der uns nicht so gern mag. Du weißt sicher, wie das ist. Und du schuldest *uns* Geld. Für den Schnaps.

Und für den kleinen Dienst an unseren dunkelhäutigen Freunden.»

«Was den Schnaps angeht, da werden wir uns schon einigen», antwortete sie eiskalt. «Ihr könnt sofort mit ins Büro kommen. Da warten einhundertfünfzig auf euch. Aber was die Tamilen betrifft ... ihr habt euren Auftrag nicht ausgeführt, meine Herren. Sie waren zu sechst, und ihr habt fünf gebracht. Und wenn ich dann noch höre, daß die Fehlende eine kleine Schönheit ist ... ich bin doch nicht von gestern.»

«Wir haben doch gesagt, was passiert ist!» warf Schieli wütend dazwischen. «Die Kleine ist einfach verschwunden. Sie ist da oben abgehauen. Es war pechschwarz. Orkan. Was hätten wir denn tun sollen? Das Rote Kreuz anrufen und eine Suchaktion starten?»

«Wenn ihr die Wahrheit sagt, dann macht das die Lage nun wirklich nicht besser», sagte die Alte. «Dann kann sie nämlich als Leiche wieder auftauchen. Und wir wissen nicht, ob sie identifiziert werden kann. Wahrscheinlich nicht, aber sicher können wir das nicht wissen. Und dann sind außer euch noch andere übel dran. Aber wie gesagt: Sie lebt sicher noch. Ich kenne euch. Das ist ein dreckiges Geschäft.»

Jetzt mußte Herman lachen. «Hast du das gehört, Kumpel? Jetzt faselt auch schon Oma China von Moral. Sie hat ein Dutzend Kanaken jeder Sorte, die schwarz für sie arbeiten, bezahlt ihnen einen Stundenlohn von vier Glasperlen und einem Glanzbild und gibt ihnen nur zum Schlafen frei.» Er senkte die Stimme, aber ich hörte ihn immer noch deutlich genug. «Doch, Mutter, wir sind im Geschäft. Und es ist wirklich keine

Sonntagsschule. Aber unsere Mädels haben immerhin ein Startkapital, wenn sie aus dem Land geworfen werden. Es lohnt sich, verstehst du. Es lohnt sich, ein bißchen mit ihnen zu teilen. Das wirst du vielleicht auch noch erfahren. Aber – und das ist wichtig: *Wir haben die kleine tamilische Tussi nicht!* Hundertfünfzigtausend? Wir wollen alles. Und das noch heute abend!»

Mehr wurde nicht gesagt. Ich hörte rasche Schritte, dann wurde die Tür auf- und wieder zugemacht.

Bald darauf schlich ich mich auf demselben Weg hinaus.

An unserem Tisch saß ein Kerl und kehrte mir den Rücken zu.

«Himmel», sagte der Prof. «Da haben wir ja den Knaben mit der Maxiblase. Kennst du Fred noch?»

Ja, ich kannte Fred noch. Fred war VGs Mann am Unfallort gewesen.

«Hallo!» sagte ich. «Das ist aber ein Zufall!»

Er grinste und stocherte in einer abgekühlten Frühlingsrolle herum. «Das glaubst du ja wohl selber nicht, oder?»

Ich sah den Prof an.

Der Prof räusperte sich und sagte: «Jorun und ich waren gerade ein bißchen illoyal.»

«Ach», sagte ich. «Das spielt wohl keine Rolle. Jetzt nicht.»

«Das haben wir uns auch gedacht», sagte der Prof. Ich sah, daß er erleichtert war, weil ich nicht sauer reagierte. Aber Ashu saß jetzt im Flüchtlingsheim, also gab es auch keine Geheimnisse mehr.

«Fred ist dienstlich hier», sagte Jorun.

«Scheint ein netter Dienst zu sein», sagte ich.

«Mhm. Die Bullen können jederzeit hier sein.» Er sah auf die Uhr. «Und wenn mein Fotograf bis dahin nicht aufgetaucht ist ... o verdammt.»

«Razzia?» Jetzt wurde ich langsam eifrig.

«Ja. Glauben wir. Sicher wissen wir's nicht.»

«Fred arbeitet schon seit Wochen an dieser Sache», erzählte der Prof. «Zusammen mit dem armen Würstchen, das oben im Wald abgestürzt ist, und mit anderen. Deshalb stand er so schnell auf der Matte.»

«Verdammter Drecksjob», sagte Fred. «Aber ihr habt also den LKW gesehen? Und eine Tamilin gefunden? Das ist fast nicht zu glauben! Ihr blufft jetzt doch nicht?»

«Das kannst du ja alles überprüfen», sagte ich. «Aber es interessiert euch sicher alle drei, daß Herman und Schieli sich gerade hier im Haus aufhalten.»

«WAS?» Ein gemischter Chor aus allen dreien.

«Sitzen in knallharten Gehaltsverhandlungen», sagte ich. «Mit einer alten Chinesin.»

Und dann erzählte ich ihnen meine ganze Geschichte.

Als ich fertig war, saß Fred lange mit gerunzelter Stirn da. «Sie heißt Fan Ho-i. Ich bin ihr zweimal begegnet. Harter Brocken. Was du gerade erzählt hast, bestätigt unsere Theorie, daß sie Leute schwarz für sich arbeiten läßt. Leute, die sie in der Hand hat. Daß sie offenbar nichts mit Prostitution zu tun hat, überrascht mich fast. Sie wäre zynisch genug dazu.»

«Vielleicht wollte sie Ashu für ihr eigenes Bordell haben», meinte Jorun.

«Ja, das ist natürlich möglich.»

«Gehört ihr dieser ganze Palast?» fragte der Prof.

«Nein», antwortete Fred. «Das heißt, er gehört ihr und einem Typen namens Johannes Arnesen. Der Laden hier und einer oben in Frogner namens *Goldene Ente.* Sie hat beides jahrelang allein betrieben, aber dann geriet sie plötzlich in Schwierigkeiten. Arnesen hat ihr unter die Arme gegriffen. Die beiden passen zusammen. Der ist auch ein mieser Brocken. Gut möglich, daß er sie auf die Idee gebracht hat, den Laden ein bißchen rationeller zu betreiben.»

«Und du hast unten keine Spur von Jo gesehen?» fragte mich der Prof.

«Aber Prof! Ich weiß ja nicht mal, wie er aussieht! Ich habe nur aus einem Impuls heraus gehandelt. Nein, ich habe nur diese drei gesehen. Und zwei chinesische Köche.»

«Wie groß ist die Chance, daß diese Razzia wirklich stattfindet?» fragte der Prof.

«Keine Ahnung», antwortete Fred ehrlich. «Angeblich war das ein sicherer Tip, aber ganz genau weiß man das nie. Ich hab schon öfter danebengehauen.»

«Meinst du, Jo ist hier oder oben in Frogner? Denn nach dem, was Peter da unten gehört hat, müssen wir doch davon ausgehen, daß diese Leute ihn in ihren Klauen haben!»

«Ja, ganz sicher», sagte Fred. «Aber wo er sein kann ... ich hätte ihn nicht gleich hier unten eingesetzt, wenn ich Fan Ho-i wäre. Die *Goldene Ente* ist kleiner. Und weniger steif. Und alles will gelernt sein. Sogar die Arbeit in der Spülküche. Außerdem ist er vielleicht von der wenig kooperativen Sorte. Und dann ist es da oben sicher leichter, ihn in die gewünschte Form zu pressen.»

«Dann sollten wir bezahlen und gehen», sagte ich. «Denn ich möchte gern mit Jo reden, ehe die Bullerei zulangt.» Ich sagte zu Fred: «Ich gehe doch davon aus, daß die nicht nur hier unten zuschlagen?»

Er schüttelte den Kopf. «Wenn sie kommen, dann auch in die *Goldene Ente.*»

Der Prof winkte nach der Rechnung. «Wie spielt so eine Razzia sich ab?»

«Still und ruhig. Die Gäste merken nichts davon. Blaulicht und Uniformen lassen sie zu Hause. Und die Rechnung kannst du vergessen. Die übernehme ich.» Er lächelte. «Wenn ich das verwerten kann, was ihr erzählt habt.»

«Vielen Dank», sagte ich und stand auf. «Überprüf das lieber noch mal. Ich kann ja auch etwas falsch verstanden haben.»

«Ja», sagte er. «Aber du weißt, daß das nicht der Fall ist. Und ich werde vorläufig nur die Namen von Herman und Schieli an die Polizei weiterreichen. Wenn die mir im Gegenzug fertige Ware versprechen. Mir als erstem.»

«Okay», sagte der Prof. «Wir sind dann weg.»

«Seid vorsichtig», mahnte Fred. «Nur hinsehen, nichts anfassen. Da oben haben sie einen Küchenchef, der ganz schön unangenehm werden kann, das weiß ich aus Erfahrung. Und, Prof?»

«Ja?»

«Wir haben eine Abmachung. Vergiß das nicht.»

«Wie meinst du das?»

«Ich meine, daß du deinem Bruder beim *Dagbladet* erst frühestens übermorgen wieder was zu erzählen hast.»

Kampf im Hinterhof

Der Hinterhof war fast total finster. Nur ganz hinten, über einer Reihe zerbeulter Mülltonnen, verbreitete eine einsame Birne ein schwaches, bläuliches Licht. Irgendwo jammerte eine Katze, aber wir konnten sie nicht sehen.

Die *Goldene Ente* war nicht besonders golden. Obwohl das Restaurant in einem besseren Stadtteil lag und obwohl die Speisekarte neben der Tür von diversen Entenspezialitäten aus allerlei Ländern berichtete, wirkte die Bude ziemlich heruntergekommen. Der Dreck hatte sich schichtweise über die Fensterscheiben gelegt, und das N in «Ente» war heruntergefallen. *Die Goldene E te.* Der Prof war auf die Idee gekommen, einen Blick auf den Hinterhof zu werfen, weil er die Theorie hatte, daß der Keller in diesem Haus bestimmt nicht gut genug war, um darin eine Küche unterzubringen.

Aber das Tor zum Hinterhof war abgeschlossen. Wir mußten in den Hinterhof der Nachbarn gehen und über den Zaun klettern.

«Tja», flüsterte ich und wischte mir den Dreck ab. «Was jetzt? In den Fenstern im Erdgeschoß scheint ja kein einziges Licht zu brennen. Vielleicht benutzen sie ja doch den Keller.»

«Wartet mal!» sagte Jorun. Sie ging vorsichtig an der Mauer vorbei und stellte sich unter ein Fenster. Stellte sich auf die Zehenspitzen und preßte ihr Gesicht dagegen. Dann kam sie zurück. «In dem Haus sind Leute.» Sie lächelte. «Und hinter dem Verdunklungsrollo liegt ganz sicher eine Küche.»

«Ja verdammt!» sagte der Prof. «Was soll das denn? Wir können den Leuten ja nicht ansehen, ob sie schwarz arbeiten.»

«Leute mit Verfolgungswahn kommen oft auf wunderliche Ideen», sagte ich. «Vielleicht sollen die Nachbarn nicht sehen, wie sie ihre Superente zusammenschustern.»

«Ja, ja», sagte der Prof. «Jetzt sind wir also hier. Hat irgendwer von euch eine Idee, was wir jetzt machen sollen? Ach zum Kranich, das hier geht einfach zu schnell. Wir haben nie genug Zeit, um unseren nächsten Zug zu überdenken.» Er blickte mich voll an. «Warum willst du Jo unbedingt heute abend noch erwischen? Wenn die Bullen jetzt zuschlagen, dann sitzt er morgen aller Wahrscheinlichkeit nach im selben Flüchtlingsheim wie Ashu.»

«Wir wissen aber nicht, ob sie kommen», sagte ich. «Und jede Minute in den Krallen dieser Bande kann ihm ganz schön Ärger machen. Es würde mich auch nicht wundern, wenn es zu ihren Tricks gehört, die Leute in irgendein echtes Verbrechen hineinzuziehen, um sie sich damit gefügig zu machen. Um ihnen dann nachher lauter Horrorstories von Folter im Knast und so aufzutischen. Über die Bullen hierzulande läßt sich sicher allerlei Mieses sagen, aber vergeßt nicht, daß viele von diesen Leuten hier aus Ländern kommen, wo die Bullerei einem wirklich Strom in den Hintern jagt.»

«Mhm», sagte der Prof. «Und wenn sie seit ihrer Ankunft in Norwegen isoliert gehalten worden sind, dann können sie das Bild von diesem Land, das dieses Mistpack ihnen aufgezeichnet hat, auch nicht korrigieren.»

«Tja», sagte Jorun. «Im Grunde haben sie ja auch recht. Sie werden ja schließlich hochkantig wieder aus dem Land geworfen.»

«Ja», sagte ich und schluckte, denn ich sah Ashus Gesicht vor mir. «Aber sie sind nicht dazu verpflichtet, vorher noch ihren Körper oder ihre Arbeitskraft für Glasperlen und Glanzbilder zu verkaufen. Außerdem können sich in dieser Situation auch solche befinden, die trotz allem hier eine Aufenthaltsgenehmigung kriegen würden. Vergeßt das nicht. Leute, denen eingeredet wird, daß sie nur in Sicherheit sind, solange ihr Arbeitgeber sie an der Hand hält.»

«Aber dann brauchen wir doch bloß die Bullen anzurufen», meinte der Prof. «Die ganze Blase hochgehen lassen und einfach abwarten.»

«Nein», sagte ich. «Wir wissen doch nicht, ob Jo hier ist. Diese ganze Razziageschichte gefällt mir sowieso nicht. Denn wenn sie heute abend kommen und beide Läden von Fan und Arnesen hochgehen lassen und Jo in beiden nicht ist, dann kann es Ewigkeiten dauern, bis er auftaucht. Wir haben doch keine Ahnung, in welchem Rahmen diese Leute wirklich operieren. Vielleicht sind diese beiden Restaurants nur die Spitze des Eisbergs. Vielleicht haben sie Firmen.

Hotels. Genug Möglichkeiten, um einen jungen Burschen unterzubringen, der gut arbeiten kann. Und diese Arschlöcher brauchen nicht mal ihren Namen auf die Papiere zu setzen. So was läßt sich leicht drehen.»

«Du redest heute abend voller Weisheit, Pettersen», sagte der Prof. Dann wurde er plötzlich ernst, ja fast böse. «Ich hab es bloß so restlos satt, um Ecken zu lugen, hinter Leuten herzuschleichen oder stundenlang darauf zu warten, daß etwas passiert. Ich hasse solche Situationen wie diese hier!»

«Nicht so laut!» fauchte ich.

«Jetzt regt euch mal beide ab», sagte Jorun. «Vielleicht sollten wir erst mal feststellen, ob die Hintertür dahinten geöffnet ist. Und wenn ja – dann gehen wir einfach rein und fragen nach Jo. Sagen, daß wir ihm von seiner Schwester etwas ausrichten sollen. Ich meine, was können die denn machen, außer uns rauszuschmeißen? Uns in Stücke schneiden und in süßsaurer Soße servieren? Uns als billige Küchenkräfte nach Asien schicken? Das glaubt ihr doch wohl selber nicht! Denkt doch mal nach! Ihr seid schon total paranoid von all den Abenteuern, in die ihr reingerutscht seid. Verdammt, wir sind hier doch nicht im Shanghai des neunzehnten Jahrhunderts.»

Der Prof und ich starrten sie an. Und ich dachte, daß sie vielleicht recht hatte. Aber dennoch ... der Gedanke, einfach reinzuspazieren, gefiel mir überhaupt nicht. Das Problem war, daß sie uns in eine üble Klemme gebracht hatte. Jetzt mußten wir es einfach so machen, alles andere würde feige wirken. Und ich glaube, darüber war sie sich völlig im klaren; das sah ich ihrem Lächeln an.

Aber es kam dann doch nicht so. Die Wirklichkeit knallte eine Karte auf den Tisch, noch ehe der Prof und ich unsere Meinung sagen konnten. Leise öffnete sich die Hintertür, ein gelber Lichtkegel fiel über den nachtschwarzen Asphalt. Ein kleiner Typ mit einer etwas zu großen weißen Jacke hielt sie mit dem Rücken offen, während er seitwärts aus dem Haus kam und mit beiden Händen eine Menge weißer und hellblauer Mülltüten umklammerte. Dann lief er zu den Mülltonnen hinüber.

«Okay», sagte der Prof. «Den schnappen wir uns. Auf dem Rückweg sieht er uns ja doch, also haben wir keine Wahl.»

Der arme Typ wurde total überrumpelt. Als er uns kommen hörte, ließ er die Tüten fallen, daß der Küchenabfall nur so durch die Gegend stob, und fuhr herum.

Ich war schon über ihn hergefallen, ehe er auch nur einen Mucks von sich geben konnte. Wir fielen zu Boden und rollten dort durch den Dreck. Dann waren die anderen da.

«Aufhören!» Der Prof umklammerte ihn, und Jorun hielt ihm den Mund zu. «Ich versteh ja, daß du Schiß hast, Kumpel, aber wir können doch nicht riskieren, daß du losbrüllst. Um Himmels willen, schrei jetzt nicht. Wir wollen bloß mit dir reden. Kapiert? Bloß reden!» Der Typ nickte, so weit das überhaupt möglich war. Wir kamen alle vier wieder auf die Beine, und ich fing leicht beschämt an, mich und mein Opfer abzuwischen.

«Wir suchen einen Typen namens Jegatheeswaran», sagte der Prof. «Und wir glauben, daß er hier zusammen mit dir arbeitet. Stimmt das?»

Zögernd entfernte Jorun ihre Hand, aber der Typ starrte uns nur haßerfüllt an. Ich hielt ihn für einen Chinesen, ein Tamile konnte er jedenfalls nicht sein. Eigentlich schade, das Alter konnte nämlich stimmen. Ein oder zwei Jahre älter als wir. Es wäre doch ziemlich scharf gewesen, wenn wir auf diese Weise Jo selber aufgelesen hätten.

«Du mußt reden», sagte ich. «Und viel Zeit hast du nicht. Die Bullerei kann jeden Moment hier sein.»

Das Wort «Bullerei» machte Eindruck auf ihn. Deshalb wiederholte ich es noch zweimal.

«Ihr lügt!» sagte er in brauchbarem Norwegisch.

«Warum in aller Welt sollten wir das tun?» fragte Jorun. «Uns kann es doch egal sein, ob sie kommen oder nicht. Aber ist dir das auch egal?»

Er versuchte, sich loszureißen, aber der Prof hatte seinen Zugriff nicht eine Sekunde lang gelockert, und deshalb gelang es ihm nicht.

«Meine Papiere sind in Ordnung!» sagte er verzweifelt.

«Glaub ich dir ja», sagte Jorun. «Aber das gilt wohl kaum für alle hier, was? Nun reg dich doch mal ab, Kumpel. *Wir* sind nicht deine Feinde. Wir lassen dich nicht hochgehen. Wir lassen niemanden hochgehen. Aber wenn alles so kommt, wie wir glauben, dann bist du vor Mitternacht arbeitslos. Und es ist vielleicht gar nicht so blöd, nicht dabeizusein, wenn der Laden dichtgemacht wird, oder?»

«Wo ist Jega … Jegatheeswaran?» fragte ich. «Ist er da drinnen?»

Der Chinese schüttelte den Kopf. «Nein, der arbeitet nicht hier.»

«Wo dann?» fragte der Prof. «Schnell!»

«Der arbeitet nirgendwo. Jetzt nicht. Er ist krank. Er liegt im Bett.»

«Und wo steht sein Bett, Kumpel?» Der Prof war jetzt wütend. Hatte diesen Hinterhof satt. War nervös. «Jetzt sag uns schon die Adresse, dann kannst du von mir aus wieder in deine Küche wandern. Wenn du das mit der Bullerei für einen Bluff hältst, meine ich.»

«Ich weiß es nicht», sagte der Typ. «Ich weiß nicht, wo Jegatheeswaran ist.»

«Doch, das weißt du!» Der Prof drückte zu.

«KIM!»

Der Kerl, der geschrien hatte, füllte die Tür sehr gut aus. Ein Riese, mit einer Stimme, bei der es mir eiskalt über den Rücken lief.

«KIM? WAS ZUM TEUFEL IST HIER LOS?»

Ja, was war hier wohl los, fragte ich mich. Ein kleiner Überfall. Nicht der Rede wert, Mister. Ich wich zurück.

Er kam auf den Hinterhof und näherte sich uns vorsichtig. Wachsam wie ein Stier, der die Arena betritt. Und ungefähr genauso groß.

Kim stand da wie angenagelt. Sein Gesicht strahlte reine unverfälschte Angst aus, und ich glaubte kaum, daß wir ihm die eingejagt hatten.

«Jetzt hast du die Wahl», sagte der Prof. «Wir oder der Koloß. Das mit der Bullerei war kein Witz.»

Und zu Jorun und mir: «Na los! Weg hier!»

Und dann ging alles sehr schnell. Die Worte des Prof wirkten auf den Stier wie ein rotes Tuch. Stumm kam er durch die Dunkelheit auf uns zugestürzt. Wir verteilten uns, aber ich merkte, daß alle den Zaun zum Nachbarhaus anpeilten. Ich merkte auch, daß Kim genau hinter mir war, leicht rechts. Jorun erreichte als erste den Zaun und war noch in derselben Sekunde oben. Der Prof hatte weniger Glück mit seinem Absprung, er stieß krachend gegen den Zaun. Im nächsten Moment war der Riese über ihm und legte ihm die Hände um den Hals. «Was bist du denn für einer? Was? ANTWORTE! Was habt ihr hier zu suchen?»

Ich sah, daß der Blick des Prof richtig glasig wurde. Und als ich nah genug gekommen war, versetzte ich dem Typen einen Tritt gegens Schienbein, von dem mir die Zehen gebrochen wären, wenn ich keine Cowboystiefel getragen hätte. Der Riese grunzte irritiert, reagierte sonst aber nicht. Sein Griff um den Hals des Prof lockerte sich nicht. Ich sprang auf den Zaun, auf dem nun Jorun genervt auf die beiden zurutschte. Sie wirkte richtig verzweifelt. Ich hatte sie noch nie so gesehen, aber schließlich versuchte nicht jeden Tag ein Typ von hundertfünfzig Kilo, ihren Liebsten zu erwürgen, während sie auf der Tribüne saß und zuschaute.

«Der ist lebensgefährlich.» Das war Kim, der nun neben mir saß. «Wenn er die Kontrolle verliert ... Herrgott, wir müssen etwas machen!»

Jorun machte etwas. Etwas, was sie sicher noch nie getan hatte und aller Wahrscheinlichkeit auch nie mehr wiedertun würde. Sie trat dem Typen mit aller

Kraft ins Gesicht. Ich hörte, wie Knorpel und Knochen knackten und wie der Riese überrascht schnaufte, ehe er den Prof losließ und zurückwich. Jorun langte wieder zu. Diesmal traf sie ihn unterm Kinn. Ich sah, wie ihm Blut aus Nase und Mund quoll, sah, wie er zuerst in die Knie ging, dann seitwärts kippte und auf dem Asphaltboden liegen blieb, während er immer wieder leicht zuckte.

«Na los!» Ich streckte dem Prof die Hand hin. Und mit vereinten Kräften konnten wir drei ihn hochziehen.

Jorun war völlig außer sich. Hüpfte herum und jammerte, sie habe einen Menschen getötet. Gleichzeitig versuchte sie, sich auf den Zustand des Prof zu konzentrieren und festzustellen, wie es ihm ging.

«Reg dich ab!» rief ich. «Du hast niemanden umgebracht. Wie geht's dir, Prof?»

«So halbwegs. Reden tut verdammt weh.»

«Dann halt die Klappe! Wir müssen weg hier.» Ich warf einen Blick auf die Fassade des Nachbarhauses. Massenhaft neugierige Visagen hinter den Fenstern.

«Kommst du mit, Kim?»

Er wollte gerade etwas sagen, aber das verhinderte ein Höllenlärm aus dem Hinterhof, den wir gerade verlassen hatten. In mehreren Sprachen wurde gerufen und geschrien, alles war ein einziges Chaos, aber wir konnten alle vier «stehenbleiben» und «Polizei!» in klangvollem Norwegisch aufschnappen. Wir stürzten in den Torweg.

«Moment mal», piepste der Prof mit seiner neuen Kastratenstimme. Er war vor dem Ausgang stehengeblieben und hielt uns andere auf. «Die suchen nicht nach vier Jugendlichen, das steht fest. Wenn wir also hier rausgehen, dann bleiben wir ganz ruhig. Jorun und Kim – ihr seid ein Paar.» Kim und Jorun sahen einander unsicher an.

«Na los!» fauchte ich. «Und Kim – runter mit der verdammten weißen Jacke!»

Er gehorchte, und ich sah seinen funkelnden Augen an, daß er alles durchschaut hatte. Weg war die Jacke, und der Prof schleuderte sie in den Torweg. Kim trug nur noch ein dünnes Hemd, aber ich gab ihm meine Jacke, schließlich hatte ich auch noch einen dicken Pullover. Jorun legte den Arm um ihn, und so schlenderten wir wie vier ganz normale Jugendliche auf dem Weg ins Kino auf die Straße.

Und, wie Fred gesagt hatte: kein Drama mit Blaulicht und so. Ein dunkler Volvo stand vor dem Restaurant, und ein typischer Zivilbulle in Jeans und kurzer schwarzer Lederjacke rauchte davor eine. Ich sah, daß er uns ansah, als wir aus dem Tor kamen und in die Gegenrichtung gingen, aber dabei blieb es dann auch. Es war natürlich verdammt schwierig, langsam zu gehen, aber sowie wir um die Ecke waren, stürzten wir los wie die Besessenen.

Wir blieben erst unten auf dem Lapsetorv stehen. Auf dem schmalen Grasstreifen am Taxenstand ließen wir uns auf eine Bank fallen.

«Ihr hattet recht», sagte Kim. «Und ich war so sicher, daß das ein Bluff sein sollte.»

«Schlaukopf», sagte ich und stupste ihn in die Seite.

«Du hast gedacht, wir hätten uns gelangweilt und uns dann überlegt, wir könnten doch in den Hinterhof irgendeines Restaurants gehen und warten, bis irgendein Heini mit dem Abfall kommt und dann ... »

«Hör mit dem Quatsch auf», sagte der Prof. Er bekam langsam wieder seine gute alte Stimme. «Wie schon gesagt: Das hier geht zu schnell. Und dann nutzt es jedenfalls nichts, rückwärts zu sehen. Dann fällt man zu leicht auf die Nase. Hör mal, Kim. Als wir vorhin die Bullen erwähnt haben, war dir das nicht egal. Du hast gesagt, deine Papiere wären in Ordnung. Wieso bist du so zusammengefahren, wenn alles in Ordnung ist? Warum bist du mit uns gekommen?»

Kim schwieg einige Sekunden lang, als ob er nach Worten suchte. Dann sagte er: «Es ist wirklich alles in Ordnung. Ich habe eine Aufenthaltsgenehmigung, und ich wohne bei meiner Tante. Ihr gehört der Laden. Nur ... »

«Deine Tante hat dich vor den Bullen gewarnt?» schlug Jorun vor.

Kim senkte den Blick. «Sie hat mich vor allen gewarnt. Ich wollte hier studieren, aber ... Nein, das versteht ihr nicht. Ihr hier im Westen habt doch gar kein Familienleben. Sie hat meinen Flug bezahlt. Ich wohne bei ihr. Dafür schulde ich ihr auch einen Dienst.» Dann sagte er leise: «Aber es ist ganz anders gekommen, als ich mir das vorgestellt hatte. Ich sollte ein Jahr für sie arbeiten. Jetzt sind es schon zweieinhalb. Und jedesmal, wenn ich von meiner Ausbildung anfange, sagt sie, ich müsse noch ein bißchen warten. Daß noch irgendwelche Papiere fehlen.»

«Das Lied klingt leider bekannt», sagte der Prof. «Ich habe in den letzten Jahren schon mehrmals über solche Fälle in der Zeitung gelesen. Daß deine Tante dich ausnützt, ist das einzige, was nicht in Ordnung ist. Dein Flugschein war für sie eine gute Investition, das kann ich dir flüstern. Das ist genauso, als wenn ein Norweger nach Rio fährt und fesche, arme Nutten aufliest. Spendiert ihnen den Flug und verspricht ihnen eine tolle Zukunft. Was er nicht erzählt, ist, daß sie zusammen in einem engen Loch wohnen, Tag und Nacht vögeln und neunzig Prozent von ihrem Verdienst als Miete blechen müssen. Wenn dann nach drei Monaten das Touristenvisum ausläuft, kriegen sie einen Tritt in den Hintern und einen Flug zurück in die Armut. Diese Jungs haben einige hunderttausend abgezockt. Dann fahren sie wieder hin und holen die nächste Ladung. Modernen Sklavenhandel nennen wir so was. Tut mir leid, das sagen zu müssen, Kumpel – aber deine Tante ist von derselben Sorte. Auch wenn sie gelbe Haut hat und aus der Dritten Welt kommt. Arschlöcher nennen wir solche Leute auf gut Norwegisch. Und die sind leider auf dieser ganzen schönen Welt gleichmäßig verteilt.»

«Und nun bedanken wir uns für den Vortrag», sagte ich. «Die Frage ist: Wo steckt Jega – wo ist der, den wir suchen?»

Kim starrte seine Hände an. Er wirkte schrecklich einsam und verlassen. «Ich bringe euch hin», sagte er.

Aufwärts

Das Taxi kletterte am Holmenkollåsen immer weiter aufwärts. Kim saß vorne neben dem Fahrer, wir drei anderen hinten. Alles schwieg.

Ich dachte über Liebe nach. Ein gewaltiges Wort, das vielleicht nicht zu laut gesagt werden sollte. Jedenfalls nicht zu oft. Was für einen Zustand sollte dieses Wort eigentlich beschreiben? Und was war der Unterschied zwischen Liebe und zum Beispiel Verliebtheit? Was empfand ich für Ashu? Daß ich noch nie auf eine Frau so scharf gewesen war, stand fest. Und trotzdem war ich fast gar nicht mit ihr zusammengewesen. Und es war auch ganz klar, daß ich auch in Zukunft nicht viel mit ihr zusammensein würde. War ich deshalb so hin und weg? Weil das alles unmöglich war? Nein! Denn abgesehen davon, daß sie mir bei unserer ersten Begegnung ganz einfach eine Höllenangst eingejagt hatte, war ich von dem Moment an verloren gewesen, als mir aufgegangen war, daß sie kein übernatürliches Wesen war. Ich fragte mich, wie es kommt, daß beim Anblick eines Menschen in unserem Kopf die Revolution losbricht, uns stottern und weich in den Knien werden läßt. Warum zum Henker konnte man das nicht selber bestimmen? Warum konnte ich meine Liebe nicht auf Beate richten und dort hängenbleiben? Das wäre doch eine gute Lösung.

Und ich dachte an die Zukunft. An die nächste Zukunft. Es konnte noch einige Wochen dauern, ehe die norwegischen Behörden sie weiterschickten. Oder auch einige Monate. Und wie sollte ich mich in dieser Zeit ihr gegenüber verhalten? Am liebsten hätte ich natürlich jede Sekunde ausgenutzt, um näher an sie heranzukommen. Aber würde das den Tag, an dem der norwegische Staat ihr eine Fahrkarte nach Deutschland gab, nicht nur noch viel schlimmer für uns machen? Wenn sie nun wirklich auf Peter Pettersen abführe! Noch eine böse Trennung zusätzlich zu denen, die sie schon hinter sich hatte.

«Du hast gesagt, er ist krank», sagte der Prof zu Kim und riß mich damit aus meinen sinnlosen Spekulationen. «Etwas Ernstes?»

«Nein, glaub ich nicht», antwortete Kim. «Grippe oder so. Und dann ist er deprimiert. Richtig tief unten. Hat vielleicht Heimweh.»

«Glaub ich nicht», sagte Jorun. «Aber vielleicht haben wir eine Nachricht für ihn, die ihn aus seiner Depri reißt.»

Ja, dachte ich. Und vielleicht haben wir dann noch eine Nachricht, die ihn gleich wieder reinstürzt.

«Bald da?» fragte der Prof.

«Hundert Meter», antwortete Kim.

Die Taxirechnung fiel ziemlich astronomisch aus, aber da wir von VG gesponsort wurden, gaben wir dem Fahrer sogar Trinkgeld. Dann liefen wir in die Dunkelheit hinaus.

Das Taxi drehte und verschwand wieder in Richtung Stadt. Wir konnten durch die Bäume die Lichter der Innenstadt sehen.

«Wir müssen hier nach rechts», sagte Kim und führte uns durch eine kurze Allee mit Bäumen, die ich für Silbertannen hielt. Nach fünfzig Metern erreichten wir ein schmiedeeisernes Tor. Auf jedem Torpfosten saß, als Silhouette vor dem Himmel abgezeichnet, ein chinesischer Drache aus Messing. Lange Zungen und Löwenkrallen. Ziemlich unheimlich, ehrlich gesagt.

«Fescher Kram», sagte der Prof. «Wohnst du auch hier oben?»

«Ja.» Kim versetzte der Tür einen Stoß. «Kommt!»

Auch auf der anderen Seite des Tores befand sich auf beiden Seiten des Weges Wald, aber hier schien er wilder zu wachsen. Nach wenigen hundert Metern erreichten wir einen kleinen Hügelkamm, und unter uns konnten wir zwischen Rasenflächen eine große, moderne Villa sehen. Und dahinter, tief unter uns, glitzerte Oslo. Nachbarhäuser waren nicht zu sehen, nur der schwarze, stumme Wald.

Ich stieß einen leisen Pfiff aus. «Das ist also Fan Ho-is Spielwiese! Für einen Sklaven wohnst du doch ganz gut, Kim?»

Er fand das überhaupt nicht weiter witzig. Murmelte etwas davon, daß er im Keller logierte und Blick auf die untere Hälfte von zwei Fahrradreifen sowie eine Schubkarre hatte.

«Das finde ich seltsam», meinte der Prof. «Daß die ganze Bande bei ihr wohnt, meine ich. Normalerweise mieten solche Leute baufällige Kästen im Osten der

Stadt. Abbruchhäuser mit viel frischer Luft in den Wohnungen und Klo im Hinterhof. Das hier kommt mir vor wie die reinste Luxus-WG.»

Kim gab darauf keine Antwort, sondern führte uns am Haus vorbei am Waldrand entlang. Schließlich kamen wir zu einer Senke, ein steiler Hang führte hinab zu einem kleinen Haus von ganz anderem Kaliber. Grauweiß verwittertes Holz, an dem seit einigen Jahrzehnten Pilze und Schimmel genagt hatten. Eine Lampe brannte über der Tür, das war die ganze Beleuchtung.

«Ich bin der einzige, der oben bei ihr wohnt», sagte Kim.

«Aha.» Jorun nickte. «Es ist vielleicht sehr praktisch, die Putzhilfe an Ort und Stelle zu haben.»

Der Blick, mit dem er Jorun bedachte, verriet, daß sie ins Schwarze getroffen hatte. Ich stellte mir seinen Arbeitstag vor. Früh aufstehen, um hinter seiner Tante herzuputzen. Vielleicht Frühstück machen. Dann in die Stadt zum nächsten Job. «Zu Hause» gegen zwölf, halb eins. Scharfes Studium!

«Und wie viele hausen da unten?» Ich nickte zu der Bruchbude hinunter.

Kim zuckte mit den Schultern. «Keine Ahnung. Das wechselt. Ich war schon lange nicht mehr hier. Jetzt sind alle bei der Arbeit.»

Die Tür stand offen. Wir gingen auf den Flur und knipsten das Licht an. Sauber, ordentlich und abgenutzt. Mäntel, Jacken, Anoraks. Eine ganze Menge. Ich stieß mit der Stiefelspitze eine Tür auf. Schlafzimmer. Vier Betten.

«Tja», sagte der Prof. «Hier ist's ja brechend voll. Und wenn ich mir das richtig überlege, ist es für sie ja viel praktischer, alle hier oben zu haben. Keine Möglichkeit, mir irgendwem außer Nachbars Pekinesen Kontakt aufzunehmen.»

«Wer rund um die Uhr arbeitet, kriegt nicht mal Kontakt mit sich selber», sagte ich.

Wir folgten Kim die Treppe in den ersten Stock hinauf.

«Wartet hier», sagte Kim vor einer Tür. «Ich sehe lieber erst mal nach ihm. Mit seinen Nerven sieht's nicht so gut aus.»

Bald darauf öffnete er die Tür und winke uns hinein.

Jo sah zum Glück nicht total kaputt aus. Kim hatte sicher recht, er hatte Grippe oder so was. Aber er hatte in letzter Zeit jedenfalls nicht gut geschlafen. Obwohl seine Haut dunkel war, konnte ich die Ringe unter seinen Augen sehen.

«Hallo», sagte der Prof auf englisch. «Wir sollen dich von Ashu grüßen!»

Jo verstand das offenbar nicht ganz, aber trotzdem zuckte er zusammen, als er den Namen seiner Schwester hörte.

«Kann sein, daß Ashu besser Englisch spricht als er», sagte ich. «Hier helfen nur Stift und Zeichenblock.»

So schlimm war es aber dann doch nicht. Als er erst einmal losgelegt hatte, sprach er sogar ziemlich gut Englisch. Und als wir den Kern der Sache angingen, nämlich, daß er und Ashu vollständig über den Tisch gezogen worden waren, begriff er sogar so gut, daß er in Tränen ausbrach.

«Schlimmer als das hier kann es überhaupt nicht werden», sagte Jorun und legte ihm die Hand auf die Schulter. «Komm jetzt mit uns. Hier kannst du nicht bleiben. Im Flüchtlingsheim sieht wenigstens ein Arzt nach dir. Und da ist auch Ashu. Sie macht sich schreckliche Sorgen um dich.»

Und da knallte es. Ein dumpfer Lärm gefolgt vom Klirren von Glas.

«Was zum Henker!» sagte ich. «War das hier?»

Kim schüttelte heftig den Kopf und blickte zur Villa hinüber.

Der Prof sprang auf. «Wenn bei diesem Arschloch da oben eingebrochen wird, dann helf ich gern tragen.»

«Warte!» sagte ich. «Ich glaube, ich weiß, was da los ist. Hast du einen Schlüssel, Kim? Zur Butze da oben?»

Er zog ihn zögernd aus der Tasche. «Zum Kellergeschoß.»

Ich riß den Schlüssel an mich. «Ihr beiden bleibt mit Jorun hier. Ihr dürft in nichts reingezogen werden.»

Jorun stand auf. «Ich weiß ja nicht, was du dir einbildest, Peter Pettersen. Aber ich bewege mich in diesem Leben genau so, wie mir das paßt. Und du kommst mir hier verdammt noch mal nicht als Machomann, der mir sagen will, was ich zu tun habe.»

«Okay», sagte der Prof. «Den Geschlechterkampf heben wir uns für später auf. Und du hast völlig recht. Peter ist ein Chauvi. Aber … »

Noch ein Fenster klirrte. Und noch eins.

Wir rannten die Treppe hinunter.

Die Todesfalle

In der Villa brannte jetzt Licht. Die großen Fenstertüren mit Blick auf Oslo lagen in einer Million Scherben auf dem Rasen und auf dem Kiesweg zum Kellergeschoß. Wir konnten im Haus jemanden lachen hören. Vorsichtig schlichen wir uns an den Bäumen vorbei, auf dem Weg, den wir gekommen waren. Als wir das Haus erreicht hatten, rannten wir über den Rasen und in den Schatten vor der Grundmauer. Von hier aus konnten wir uns um die Ecke zur Kellertür schleichen, ohne von oben gesehen zu werden.

Die Hand des Prof zitterte, als er den Schlüssel im Schloß umdrehte.

«Ist das so klug?» flüsterte ich. «Wenn du recht hast ... wenn das Herman und Schieli sind, kann das hier direkt gefährlich sein. Ja, egal, wer das ist. Sollten wir nicht lieber zum nächsten Nachbarn gehen und ein paar Anrufe tätigen?»

«Dauert zu lange», murmelte der Prof und stieß die Tür auf. «Und ich bin nicht so sicher, ob die Nachbarn überhaupt mit uns reden würden.»

Blödes Argument, dachte ich, da wir bei diesen Nachbarn doch bloß eine Scheibe einzuschlagen brauchten, um sofort die Bullerei herbeizulocken.

Aber wir standen nun schon im Haus. Und ich wußte, daß der Prof, obwohl er das niemals zugeben würde, solche Unternehmungen wie diese hier liebte. Er war scharf auf Spannung. In vieler Hinsicht war er eine Leseratte und ein Theoretiker, aber er konnte durchaus auch zulangen, wenn es die Situation erforderte.

«Alles klar», sagte er leise. «Jetzt kommt die Operation Telefon. Seht euch um. Gebraucht eure Augen!»

Das war jedenfalls nicht weiter schwer. Wir standen in einer Diele, einem Raum mit Kiefertäfelung und Zebrafellen an den Wänden, und uns gegenüber, neben der Treppe zum Erdgeschoß, stand auf einem Tisch ein weißes Telefon. Der Prof grunzte zufrieden, überquerte mit vier langen Schritten die Schieferfliesen und packte den Hörer. Starrte eine Nummer an, die er in seiner Handfläche notiert hatte – ich wußte, es war die Nummer von Freds Mobiltelefon –, und tastete sie ein.

«Hallo, Fred? Ja, ich bin's.» Der Prof leierte die Adresse herunter und fügte hinzu, daß sich offenbar irgendwer damit amüsierte, die Bude zu Klump zu schlagen oder vielleicht alle Wertgegenstände mitgehen zu lassen. Jorun und ich hörten die eifrige Stimme am anderen Ende der Leitung. Der Prof sagte: «Beeilt euch!» und ließ den Hörer auf die Gabel fallen.

«Was jetzt?» fragte Jorun. «Es ist ja wohl nicht unbedingt nötig, hier drinnen zu warten?»

«Natürlich nicht», antwortete der Prof.

«Auf wen zu warten?» fragte Schieli.

Er war besoffen, das sah ich sofort. Deshalb war es völlig unverständlich, wie er sich so leise hatte anschleichen können. Jetzt lehnte er im Türrahmen und versperrte uns den Weg zum Kiesweg und in die Freiheit. In der linken Hand hielt er einen Flachmann, der vermutlich keine Limo enthielt, und in der rechten ein mörderisches Schlachtermesser, das er sicher nicht aus einem Bilderbuch ausgeschnitten hatte.

«Nur auf zwei Typen von der Tagespresse», antwortete der Prof, als ob er hier einen Maulhelden in einem Amifilm spielen sollte. «Und auf ein oder zwei Sheriffs. Nett, dich zu sehen, übrigens.»

Schieli kniff die Augen zusammen. Wahrscheinlich machte es ihm Probleme, irgend etwas mit seinem Blick zu fixieren. *»Ihr!»* sagte er ungläubig. Dann wirkte er plötzlich fast nüchtern, er hob sein Schlachtermesser in Hüfthöhe und zielte damit auf uns. «Herman! *Herman!»*

Wir standen wie angewachsen da. Wir konnten doch nicht wissen, wie verrückt er war, wir konnten auch nicht wissen, wie viele Promille er intus hatte. Und wir konnten nicht wissen, wozu die Kombination von Irrsinn und Schnaps ihn treiben würde.

«HERMAN!»

Schritte hinter uns auf der Treppe. «Was zum Teufel soll das Geschrei? Komm rauf, ich brauche Hilfe. Und hör mit der verdammten Sauferei auf!»

Jetzt war er so weit die Treppe heruntergekommen, daß er uns sehen konnte. Er äußerte einige Worte, die ich aus Rücksicht auf zarte Seelen hier nicht wiedergeben kann, und dann verpaßte er mir aus irgendeinem

Grunde eine Ohrfeige, von der mir noch eine Woche später die Ohren sausten.

«Du erinnerst dich doch an diese beiden Knaben?» fragte Schieli und kam auf uns zu. «Leffys Essensgäste, ja?»

«Ja, verdammt!» sagte Herman.

«Sie haben telefoniert», erklärte Schieli.

Zeit schinden! dachte ich. Einfach Zeit schinden. Deshalb sagte ich: «Ob ihr abhaut oder bleibt, spielt keine Rolle. Ihr seid trotzdem fertig. Wenn ihr das noch nicht mitgekriegt haben solltet, dann kann ich euch erzählen, daß die Bullerei heute in allen Restaurants von Fan Ho-i eine Razzia veranstaltet. Und daß sie danach herkommen, ist verdammt sicher. Außerdem hat VG alle Informationen über eure Fleischschmuggeleien. Ihr hättet nicht so blöd sein sollen, euch an Ashu ranzumachen. An die Frau aus Sri Lanka», fügte ich hinzu, da ich keinen Grund zu der Annahme hatte, sie hätten sich die Mühe gemacht, nach ihrem Namen zu fragen.

Einen Moment lang sah es aus, als ob Herman zuschlagen wollte. Ich wich unwillkürlich zurück, aber er blieb einfach stehen und wackelte mit dem Kopf.

Jorun ließ nicht locker. «Wollt ihr hier Waren holen, weil die Dame aus China mit der Kohle nicht rausrücken wollte?»

«Ja», sagte Schieli und fuchtelte mit dem Messer. «Und ich würde es nicht für klug von euch halten, wenn ihr versuchen wolltet, uns daran zu hindern.»

«Auf die Idee würden wir doch nie kommen!» versicherte ich. «Von uns aus könnt ihr gern alle Antiquitäten und solchen Kram aus dem Haus schleifen. Wir sagen nur, daß die Bullerei jeden Moment hier sein kann.»

«Alles klar», sagte Herman. Irgendwie wirkte er jetzt verzweifelt. Er rannte durch die Diele und riß eine Tür auf, packte Jorun und stieß sie hinein. Knipste dort drinnen Licht an und grunzte zufrieden. «Na los. Ihr auch. *Setzt eure Hintern in Bewegung!* Schieli! Jetzt laß doch dein Messer nicht so hängen. Zeig, daß du es benutzen kannst!»

An dieser Vorführung wollten wir lieber nicht teilnehmen. Als Schieli mit einem krankhaften Lächeln immer näher kam, zogen wir uns rückwärts zu Jorun ins Zimmer zurück.

Und als die Tür nur wenige Zentimeter vor meiner Nase krachend ins Schloß fiel, sah ich etwas, das ... Ich war mir nicht ganz sicher, und deshalb sagte ich den anderen nichts. Aber ich hatte doch durch die offene Haustür zwei lange Schatten im Kies gesehen. Oder?

Das Zimmer, in dem wir uns jetzt befanden, war etwa drei mal fünf Meter groß. Eine Waschküche. Waschmaschine und Trockenschrank, Plastikeimer und Waschmittel. Und während ich hörte, wie Herman den Schlüssel im Schloß umdrehte, registrierte ich, daß die Fenster hoch oben unter der Decke lagen und so klein waren, daß nicht einmal Jorun, die Schlankste unter uns, sich hindurchquetschen könnte. Mit anderen Worten: Wir waren gefangen wie die Sprotten in einer Konservendose – der einzige Unterschied war, daß wir noch lebten und daß wir unsere Kleider waschen konnten, falls wir dazu Lust hatten.

Jorun sagte als erste etwas: «Ja, ja. Das hätte trotz allem viel schlimmer kommen können. Immerhin ist Hilfe unterwegs. Und die Jungs da oben kommen sicher nicht sehr weit.» Sie setzte sich auf die Waschmaschine und gähnte.

Der Prof untersuchte die Tür. Sie wirkte so solide, daß ich keinen Grund sah, ihm dabei zu helfen.

Ich wußte, was er dachte. Und mir war klar, daß er wußte, was ich dachte. So geht das nicht! dachten wir. Wir hatten schon so viele Abenteuer hinter uns, bei denen wir auf irgendeine Weise den letzten Stich eingeheimst hatten, daß wir uns bei dem Gedanken krümmten, nun beim Endspurt in einer verdammten Waschküche eingeschlossen zu sein.

Andererseits: Wir waren keine Helden, auch wenn einzelne Zeitungen versucht hatten, uns dazu zu ernennen, weil das den Verkauf hochtrieb. Wir waren zwei normale Schuljungen, mit denen Gott aus Jux gern ein bißchen spielte. Vielleicht war es an der Zeit, das einzusehen.

Plötzlich hörten wir von oben einen Höllenlärm. Und klar und deutlich konnten wir Herman schreien hören: «Nun paß doch auf, verdammt! Da ... »

Und dann kam ein *Puuuufff!*

«Was war das?» Das Herz schlug mir bis zum Hals.

Der Prof war leichenblaß. «Dieses Geräusch gefällt mir überhaupt nicht ... »

«Halt die Fresse!» rief Jorun.

Wir hielten die Fresse. Wir hörten rennende Füße.

Eine Autotür wurde zugeschlagen. Und gleich darauf hörten wir ein Knistern, ein Rascheln, ein Geräusch, das mit jeder Sekunde lauter wurde.

«Herrgott!» sagte der Prof. «Es brennt! Die müssen einen Ofen umgeworfen haben oder so. Los! Alle drei gegen die Tür!»

Wir wuselten herum und kämpften gegen die Panik, aber nach einigem Hin und Her konnten wir uns zu einem gemeinsamen Angriff gegen die Tür sammeln. Als wir gegen sie stießen, sahen wir Sterne und ich glaubte, mir die Schulter gebrochen zu haben, aber die Tür hatte sich keinen Millimeter bewegt.

«Hilft nix», sagte Jorun, und ich konnte hören, daß sie gern geweint hätte. Dann hielt sie plötzlich inne und schnüffelte.

Wir auch.

Es lohnte sich nicht, etwas zu sagen. Es roch nach beißendem Rauch. Und über uns wurde das Geknister immer lauter, ein Geräusch, an das ich mich bis an mein Lebensende erinnern werde. Es wurde lauter und lauter, wurde zum Sturm und zum Orkan, und ich dachte, daß natürlich diese ganze verdammte Villa aus Holz war, nur aus Holz, das war ja schließlich am teuersten, und Geld hatte diese verdammte Kuh ja wirklich reichlich!

Jetzt quoll durch einen schmalen Spalt unter der Tür der Rauch ins Zimmer. Ungefähr wie von einer Rauchmaschine bei einer Rockshow. Der Prof packte ein Handtuch und einen Putzlappen und hielt beides unter den Wasserhahn, dann rollte er sie zu Würsten und stopfte sie in den Spalt. Das half ein wenig. Aber für wie lange? Die Decke über uns war aus Holz. Es war nur eine Frage der Zeit, bis sich die Flammen zu uns heruntergraben würden.

Atmen wurde immer schwieriger. Jedesmal, wenn ich Luft holte, schienen sich spitze Messer in meine Lunge zu bohren. Ich merkte, daß mir schwindlig und übel wurde, und meine Augen trieften. Wir ließen uns platt auf den Boden fallen, das hatten wir irgendwo gelernt, aber auch das half nicht weiter, da der Rauch ja unter der Tür durch kam.

«Sind wir fertig?» keuchte ich.

«Verdammt, nein!» schrie der Prof. «Ich bin verflixt noch mal nicht bereit, auf diese Weise meinen Hut zu nehmen. Das ist zu blöd!»

«Wer wollte denn ums Verrecken in diese Bude?» fragte ich. «Wer war hier zu blöd?»

«Streiten könnt ihr euch später», sagte Jorun. «Hört mal! Ich glaube, da draußen ist jemand!»

«Fred oder die Bullen können das noch nicht sein!» meinte der Prof. «Nachbarn vielleicht?»

Wir horchten. Doch! Da draußen war jemand, jemand, der an die Türen oder vielleicht an die Wände klopfte. Wir hörten auch Rufe, konnten aber kein Wort verstehen. Ich dachte an die beiden Schatten, die ich gesehen hatte – denn jetzt war ich sicher, daß ich sie gesehen hatte –, und sprang auf. Mit angehaltenem Atem und zusammengekniffenen Augen hämmerte ich aus Leibeskräften mit den Fäusten gegen die Tür. Als ich nicht mehr konnte und auf die Knie fiel, übernahmen Jorun und der Prof. Ich war jetzt total fertig. Mir war langsam alles egal, und als die Tür plötzlich geöffnet wurde, fiel ich auf die Nase und glaubte, mir alles einzubilden. Ich sah zwei Schuhe und ein Stück Jeans, dann war der Prof da, dicht an meinem Ohr und nervte rum mit «komm schon» und so, und dann merkte ich, daß jemand an mir zog und fluchte und schrie, und dann war alles dunkel und still.

Sterne. Sterne waren das erste, was ich sah, als ich auf einem Rasen vor einer brennenden Millionenvilla auf dem Holmenkollåsen wieder zu mir kam. Dann war das Gesicht vom Prof da, dicht über mir, wie ein bleicher Vollmond, der sich fast bis auf die Erde gesenkt hatte.

«Alles in Ordnung, Pettersen? Du kannst doch jetzt nicht pennen, Mensch!»

Ich wollte sagen, daß wirklich alles vollständig in Ordnung war, aber das schaffte ich nicht, und zwar, weil eben *nicht* alles mit mir in Ordnung war. Zum Beispiel schienen zwei Kilo glühende Kohlen in meiner Lunge zu liegen. Aber nachdem ich verräuchertes indisches Essen ausgespuckt und die Glut in meiner Lunge mit eiskalter Nachtluft gelöscht hatte, kam ich zumindest auf die Knie. Und mit Hilfe vom Prof stand ich dann bald auf den Beinen.

Um mich herum standen außerdem noch Jorun, Kim und Jo. Zwei verdammte tolle Typen, die offenbar auf meinen Befehl, sich aus allem rauszuhalten, glatt gepfiffen hatten. Und ich beschloß, in Zukunft anderen Menschen nicht mehr so einfach zu sagen, was sie zu tun hätten.

«War ich lange weg?» hustete ich.

«Nur ein paar Minuten», sagte der Prof. «Nettes Lagerfeuer, was?»

Doch. Das schon. Das teuerste Johannisfeuer, das ich je gesehen hatte. Und ein bißchen lange vor dem dreiundzwanzigsten Juni. Die ganze Bude brannte, mein Gesicht wurde heiß, obwohl wir sicher fünfzig Meter davon entfernt waren.

«Und Herman und Schieli? Weg?»

«Vom Winde verweht», sagte der Prof ernst. Dann lächelte er. «Aber nicht sehr weit. Unsere asiatischen Lausbuben haben den Tank mit einem Liter bleifreiem Sand gefüllt. Die Karre steht oben beim Tor. Und eben haben wir Sirenen und Hundegebell gehört. Die Sache ist zu Ende, mein Junge. Jetzt brauchen wir nur noch auf die Presse und auf neuen Ruhm zu warten.»

«Wär noch stärker gewesen, wenn wir die Villa gerettet hätten.»

«Weiß ich nicht so recht, mein lieber Watson. So hat das doch auch seinen Stil, was? Außerdem bin ich ziemlich sicher, daß die Dame erst mal auf lange Sicht keine Wohnungssorgen mehr haben wird.»

Bald darauf kamen Bullen und Feuerwehr. Die Bullen schleppten zwei Typen an, die offenbar ganz schön fertig mit den Nerven waren, sowie drei Schäferhunde, die vor Stolz fast geplatzt wären.

Dann loderten die Blitzlichter mit dem Brand um die Wette auf.

Der Prof feuchtete seine Finger mit Spucke an und strich sich die Haare glatt.

In der wirklichen Welt

Alle Erzählungen haben eine Art logischen Schluß. In der wirklichen Welt geht alles einfach immer weiter, bis zu dem Moment, wo der Tod kommt und uns mitnimmt. Das ist das Schöne an der Wirklichkeit. Und das Beängstigende. Denn ich bin wirklich davon überzeugt, daß wir gerade noch schrecklich gerne irgend etwas zu Ende bringen möchten, wenn der Tod kommt. Und dann liegen wir plötzlich da, weil uns ein blöder Dachziegel auf den Kopf gefallen ist, gerade in dem Moment, wo wir einen Kumpel für irgendwas um Entschuldigung bitten oder endlich unsere Schulden bezahlen wollten.

Als der Prof jetzt sagte, «die Sache ist zu Ende, mein Junge», wußte ich deshalb, daß das Quatsch war. Ich sah Ashus Gesicht vor mir und wußte, daß in meiner Beziehung zu ihr nichts, aber auch gar nichts vorüber war, solange das Licht noch brannte und ich noch nicht in der Kiste lag. Daß irgendwelche Schweine jetzt ihre Strafe bekommen würden, hatte damit nichts zu tun.

Einige seltsame Wochen folgten. Drei, um ganz genau zu sein. Während sie auf die Ablehnung ihres Asylantrages warteten, der kommen mußte, wie alle wußten, waren Ashu und Jo viel bei uns. Manchmal gingen der Prof und ich mit ihnen in den Wald, oder wir gingen eine Pizza essen; und dann kamen auch Beate und Jorun mit. Beate durchschaute natürlich alles, aber ich muß wirklich sagen: Sie benahm sich tadellos. Kein Eifersuchtsdrama, keine Heulszenen. Und es gab auch keinen großen Grund zur Eifersucht. Ashu hielt sich vor allem an ihren Bruder – und wir hatten keine Zeit für uns –, und wenn ich erbarmungslos ehrlich sein soll, dann glaube ich auch nicht, daß Ashu das gewollt hätte. Sie betrachtete mich als eine Art zusätzlichen Bruder und einwandfrei nicht als Liebsten.

Ein weiterer zusätzlicher Bruder für sie war der Prof. Er spielte den Mann von Welt und kam ihr vielleicht näher als ich – wahrscheinlich, weil er dabei keine schmutzigen Hintergedanken hegte. Er hielt Vorträge über Deutschland und verbreitete sich über Dativ und Akkusativ. Manchmal hätte ich ihn gern gebeten, sich nach Berlin zu scheren und uns in Ruhe zu lassen. Aber ich hielt die Klappe. Das alles ließ mich nicht schlafen und machte mich mürrisch, aber ich konnte meine Maske aufbehalten. Daß sie zu Hause ab und zu platzte, ist etwas anderes. Meine Mutter musterte mich inzwischen mit dieser total mitleidigen Miene wie der, die sie zeigte, wenn in den Fernsehfilmen die Liebe in den Teich ging, und mein Vater führte ganz unmotivierte Gespräche mit mir von Mann zu Mann, ohne so recht zu wissen, was er überhaupt sagen sollte. Nur Klein-My fragte mich ganz offen, ob ich in ihre indianische Schwester verliebt sei, aber auch damit konnte ich nicht richtig umgehen.

Dann kam der große schwarze Tag, der gemeinerweise goldene Sonne am blauen Himmel, Vogelgezwitscher und hellgrüne Blättchen an Bäumen und Büschen zeigte. Die ganze Pettersen-Sippe samt der Verwandtschaft vom Prof und Jorun nahmen rechtzeitig den Bus zum Flughafen. Meine Mutter hatte ständig Kontakt zu Bullerei und Flüchtlingsheim gehabt, und niemand hatte etwas dagegen, daß wir ordentlich Abschied nehmen wollten.

Und dann kamen sie. Ich hatte ein volles Aufgebot an Uniformen und so erwartet, aber die Beamten waren alle in Zivil. Vielleicht waren es nicht einmal Polizisten, ich fand es unwichtig, danach zu fragen.

Ashu hielt ihren Bruder am Arm und war schöner denn je. In nagelneuen schwarzen Jeans stimmten ihre Formen ziemlich gut mit den Phantasien überein, die sich mir aufgedrängt hatten, wenn ich nachts im Bett lag und nicht schlafen konnte. Ich benahm mich wie ein Trampel, und ich war sicher der einzige im Abschiedskomitee, der nichts Gescheites sagte. Als ich ihren Mund auf meiner Wange spürte, mußte ich einfach den Atem anhalten, um nicht in Tränen auszubrechen.

Aber dann passierte etwas Seltsames. Etwas «Rührendes», wie Mutter später sagte. Hinter mir hörte ich ein aufgeregtes Grunzen, und als ich mich umdrehte, sah ich – den Schwarzgebrannten! Aber nicht den Schwarzgebrannten, der oben im Busch wie ein verirrter Dachs herumgeirrt war. Er hatte sich gewaschen und rasiert, und sein Rasierwasser brannte mir in den Augen (sein Atem roch auch nach Rasierwasser, wenn ich ganz ehrlich sein soll – aber egal, er war fast nüchtern.) Er trug einen dunklen Anzug, der drei Nummern zu klein war, und ein cremefarbenes Nylonhemd von der Sorte, die mein Vater als «scharfe Sammelstücke» bezeichnet. Und einen Schlips. Hawaiischlips mit Palmen und nackten Damen.

Ashu erkannte ihn offenbar trotz seiner Metamorphose, sie strahlte und lächelte mit perlweißen Zähnen. Der Schwarzgebrannte stand ganz still da, nur sein Adamsapfel bewegte sich, auf und nieder, auf und nieder. Seine Augen, die genauso schwarz waren wie die von Ashu, sahen nur sie.

Und dann sahen wir es. In den Händen hielt er ein geschnitztes Kästchen, ein winziges Kästchen, ungefähr doppelt so groß wie eine Streichholzschachtel. Wir beugten uns darüber, und einige, auch mein Vater, keuchten überrascht auf. Denn das hier war erstklassiges Handwerk. Die Schnitzereien waren ungeheuer kompliziert, Rosenmuster verschlangen sich miteinander, und alles war so klein wie mit einem winzigen Taschenmesser geschnitzt.

«Hast du das gemacht?» fragte der Prof.

Der Schwarzgebrannte nickte. «Das ist für dich», sagte er auf norwegisch zu Ashu. Ein stumpfer Finger zeigte auf das Muster, und jetzt sah ich plötzlich, daß die geschnitzten Zweige und Blätter einen Namen bildeten. «Astrid». Das war die Tochter des Schwarzgebrannten, die im Moor ertrunken war. «Das ist Ashu auf Norwegisch», erklärte er. Und Ashu, die auf Norwegisch nur ja und nein gelernt hatte, schien alles zu verstehen. Sie nahm das Kästchen und fiel ihm um den Hals. Er stand stocksteif da und ließ alles mit sich machen. Als sie ihn losließ, drehte er sich um und ging wortlos davon. Wahrscheinlich nahm er den Bus in die Stadt und von dort den Zug, aber ich stellte mir vor, wie er ging und ging, bis er schließlich sein Chaos und die Einsamkeit oben in den großen Wäldern wieder erreicht hatte.

Als Ashu und Jo an Bord geführt wurden, wollten die anderen auf die Aussichtsterrasse gehen, um das Flugzeug starten zu sehen. Ich schlich mich weg. Alles war schon schlimm genug, da brauchte ich nicht auch noch oben zu stehen und ein idiotisches Flugzeug anzuglotzen. Ich ging denselben Weg wie der Schwarzgebrannte, niemand bemerkte das, und deshalb sah auch niemand meine Tränen.

Kurz vor den Glastüren sah ich Beate. Sie stand ganz still dahinter und atmete schwer, als ob sie gerannt wäre, und sie sah mich voll an. Und dann passierte etwas mit mir, das ich einfach nicht erklären kann. Aber jedenfalls ging mir plötzlich auf, daß sie der einzige Mensch war, mit dem ich diesen Nachmittag wohl totschlagen könnte. Der Prof und Jorun und die Alten wirkten ganz unwirklich, wie Bilder auf einem Filmstreifen. Jetzt waren sie beim tränenreichen Abschied angekommen, einer Szene, an der ich nicht teilnehmen konnte, weil es nicht mein Film war.

Ich schluckte meine Tränen hinunter, aber als ich am Kiosk vorbeiging, mußte ich dem Wolkenbruch einfach wieder freien Lauf lassen. Die Schlagzeilen leuchteten mir entgegen. In Deutschland bewarfen Neonazis seit neuestem Flüchtlingsheime mit Brandbomben.

Beate strich mit ihrem Zeigefinger langsam über meine nassen Wangenknochen und sah mich mit ihrem todernsten Blick an.

Sag jetzt nichts! dachte ich. Sag jetzt keinen Scheiß. Und vor allem auch nichts Kluges.

Aber sie sagte nichts. Sie hielt ganz einfach die Klappe.

Ingvar Ambjörnsen

Giftige Lügen

Peter und der Prof

Ab 14 Jahren, 140 Seiten

Eigentlich hatte Peter noch keine Pläne für Pfingsten, aber ein Familienbesuch bei Freunden seiner Eltern entspricht nicht seinen Vorstellungen. Zum Glück erlauben seine Eltern wenigstens, seinen Freund Prof mitzunehmen. Der idyllische Eindruck des Ortes am Meer in Südnorwegen trügt: Der Fjord ist mit Dioxin, Quecksilber und anderen Giften verseucht. Die einzige Fabrik am Fjord aber kann beweisen, daß sie keinen giftigen Abfall ins Wasser kippt. Und daß weiter entfernt liegende Betriebe ihr Gift bei Nacht und Nebel im Fjord versenken, halten alle für ziemlich unwahrscheinlich.
Ob es Peter und dem Prof gelingt, die Herkunft des Giftes zu ermitteln und das Netz der giftigen Lügen zu zerreißen?